위대한 유산

김이수 단편집

위대한 유산

초판 1쇄 발행 2021년 6월 28일

지은이 김이수
펴낸이 장길수
펴낸곳 지식과감성#
출판등록 제2012-000081호

교정 김혜련
디자인 이은지
편집 이은지
검수 정은지, 이현
마케팅 고은빛, 정연우

주소 서울시 금천구 벚꽃로298 대륭포스트타워6차 1212호
전화 070-4651-3730~4
팩스 070-4325-7006
이메일 ksbookup@naver.com
홈페이지 www.knsbookup.com

ISBN 979-11-6552-936-9(03810)
값 13,000원

- 이 책의 판권은 지은이와 지식과감성#에 있습니다.
- 이 책 내용의 전부 또는 일부를 재사용하려면 반드시 양측의 서면 동의를 받아야 합니다.
- 잘못된 책은 구입하신 곳에서 바꾸어 드립니다.

지식과감성#
홈페이지 바로가기

가수 겸 배우 장근석이 2016년에 연출한 첫 단편영화 '위대한 유산'의 원작

위대한 유산

김이수 단편집

위대한 유산 집이 수단 편집

차례

위대한 유산 / 6

눈물은 오래전에 말라버렸다 / 36

강철은 어떻게 단련되는가 / 68

싸가지와 둘리 / 95

비곗덩어리 / 128

황금일출 / 154

작가의 말 / 230

위대한 유산

*

　지금 내게 있어 최대 관심사는 외래환자 접수처 옆에 설치된 현금 인출기다. 다시 한번 시도해볼까 하는 조바심에 엉덩이를 몇 번이나 들썩였는지 모른다. 하지만 이번에도 틀리면 슈퍼코믹시티는 물 건너간다. 카페는 벌써 슈퍼콤으로 후끈 달아 있다. 함께 갈 사람들을 모집하는 4박 5일간 일정도 메인화면에 올라왔다. 회비는 항공권, 숙박 등 모든 경비를 포함해서 백오십만 원. '쟈렘'으로 가기 위한 최소한의 경비다. 나는 아버지가 물려준 통장을 들여다봤다. 정확히 백구십삼만 원. 아버지는 약속을 지켰다. 문제는 비밀번호다.

　아버지한테 통장을 받자마자, 병원 앞에 있는 은행으로 달려갔다. 전표와 통장을 내밀자 창구 여직원이 단말기를 가리키며 비밀번호를 누르라고 했다. 아버지가 불러준 '082'를 눌렀다. 여직원은 비밀번호는 네 자리라며 한 자리 더 누르라고 했다. 통장 뒷면에 적어둔 숫자는 '082'뿐이라 잠시 당황했다. 아무리 생각해봐도 '082' 이외는 생각나지 않았다. 여직원을 쳐다보자 생글거리며 미소를 지어주었다. 그 미소에 힘입어 '1'자를 눌렀다. 비밀번호가 틀렸다는 메시지가 나왔다. 당황해서 '0822', '0823', '0824'까지 눌러보았다. 역시 비밀번호가 틀렸다는 메시지만 되풀이해서 나왔다.

　"네 번째입니다. 마지막 한 번만 더 틀리면 본인이 신분증을 지참하고 직접 오시지 않는 이상 돈을 찾을 수 없습니다."

여직원 말투가 극히 사무적으로 변했다. 미소가 없어진 얼굴에는 의심의 눈초리가 가득했다. 더 있다간 경찰을 부를 것만 같았다. 얼른 통장을 받아서 은행을 빠져나왔다. 문가에 서 있던 청원경찰이 따라 나오지 않은 게 다행이다 싶었다. 죄지은 것도 아닌데 괜스레 등짝이 축축해졌다.

아버지가 죽은 건 아니니까 너무 초조할 건 없다. 아직 기회는 있다. '회광반조(回光返照)'라고 했던가. 언젠가 무협지에서 읽은 용어가 생각났다. 사부는 죽기 전에 반드시 한 번은 정신을 차리고, 자기 내공과 비급을 주인공한테 물려준다. 아버지도 틀림없이 죽기 전에 정신을 차리고 나에게 비밀번호를 알려주고 갈 것이다.

이렇게 생각하자 마음이 조금은 편해진다. 손에 쥔 캔 커피는 아직 따뜻하다. 가지고 병실로 들어가봤자 좋은 소리는 못 들을 것이다. '썩을 놈, 그놈의 쓴 물이 뭐가 좋다고. 사 오라는 햇반이나 사 오지.' 엄마의 걸걸한 목소리가 들리는 듯하다. 일찍 들어가봐야 딱히 할 일도 없다. 답답할 뿐이지. 그건 오늘 옮긴 병실이 작아서가 아니다. 우리 식구들이 커서지. 그나저나 오늘부터 엄마하고 같이 잘 게 걱정이다. 소파를 펼치면 침대가 된다고 하지만 덩치 큰 엄마와 같이 자기에는 아무래도 무리다.

오늘 밤을 넘기기 어려우니까 일인실로 옮기자고 아버지 담당 의사가 큰형에게 전화했다. 큰형은 정말 오늘 밤을 넘기기 어려운지 몇 번이나 확인하고 동의했다. 모처럼 시집간 큰누나까지 모두 모인 것도 이 때문이다. 하지만 그동안 병원 생활에서 얻은 내 경험으로 보건대 아버지는 쉽게 죽지 않는다. 아버지와 같은 병실에 있던 정 씨 아저씨도 식도를 다 잘라내서 금방 죽는다고 했다. 그렇지만 육 개월이 지난 지금도 옆구리에 달아놓은 관으로 영양식을 집어넣으며 잘만 살고 있다. 그에 비하면 아버지는 이제 막 정신을 놓았을 뿐이다. 의사란 만약의 경우를 대비해 언제나 최악의 상황을 가정해서 얘기하는 법이다.

큰형은 아버지가 죽으면 집과 고물상을 허물고 그 자리에 빌라를 올리려는 계획을 세우고 있다. 집은 엄마가 시장에서 통닭을 튀기며 마련했기 때문에 엄마의 것이 틀림없다. 하지만 세금을 적게 내려고 아버지와 공동으로 명의를 올린 게 화근이었다. 아버지 동의 없이는 집 한 귀퉁이도 허물 수 없었다. 이건 목청 큰 엄마도, 밀어붙이기 좋아하는 큰형도 어떻게 할 방법이 없었다.

동네 곳곳에 있는 허름한 집들이 하나둘 허물어지고 빌라가 올라갈 적마다 큰형은 애가 탔다. 고물상이 무허가이니 철거해달라는 민원을 구청에 넣어보았지만, 소용이 없었다. 오히려 수도 검침을 다니는 이 주사가 그 사실을 아버지에게 알려주는 바람에 아버지 화만 돋우었다. 그러던 차에 터진 암 진단 소식은 애가 타던 가족에게 희소식이 아닐 수 없었다. 아버지가 암 진단을 받은 이후 가족들은 눈에 띄게 들떠 있었다. 빌라가 올라가면 큰형은 아예 집으로 들어와 엄마랑 같이 산다고 했다. 작은형은 2층은 자기가 관리해야 한다고 넌지시 운을 뗐다. 누나들도 내심 뭐라도 떨어지지 않을까 하는 눈치였다. 그렇지만 나는 내 눈앞에 있는 현금 인출기 외에는 관심이 없다.

병실에 들어갔지만, 누구 하나 고개를 들지 않는다. 모두 모니터를 들여다보느라 정신이 없다. 아버지를 일인실로 옮기자마자 간호사가 맥박과 심전도를 측정하기 위해 전기선 몇 가닥을 아버지 몸에 부착시켰다.

ECG 120/50 90
SPO2 105/90 80
NBP 200/80

"위는 혈압이고 아래는 산소포화도입니다. 녹색 숫자가 빨간색으로 변하면 빨리 알려주세요."
빨간색으로 변하면 아버지가 금방 죽을 것으로 이해했는지 간호사가 말을 마치기 무섭게 모두 고개를 끄덕였다. 그때부터 침대 맡에 모여 앉아 끊임없이 깜박이는 녹색 숫자를 바라보며 빨간색으로 변하길 기원했다. 하지만 합죽이 얼굴로 누워 있는 아버지는 어림 반 푼어치도 없다는 표정이다.

엄마는 두꺼운 성경책을 베고 소파 위에 모로 누워 있다. 나는 소파에 앉아 엄마 궁둥이에 몸을 기댔다. 등받이로는 훌륭하다. 자세를 잡고 형들과 누나들이 지치기만을 기다렸다. 어떻게 하면 저런 집중력이 나올까. 목을 쭉 뺀 채 숨도 쉬지 않고 모니터를 뚫어지게 쳐다보는 내 형제들에게 경의를 표하고 싶다.

그런다고 색깔이 변하는 건 아니다. 아니야, 저 정도로 집중하면 기(氣)가 발생할 수 있어. 만일 기가 발생해서 모니터에 전자적 충격을 준다면 색이 변할 수 있어. 아니야, 그전에 모니터가 터질 거야. 기는 컨트롤하지 못하면 그대로 폭주해버리는 성질이 있으니까. 욕망의 기가 폭주하면 누구도 멈출 수 없어. '아키라'처럼 주위의 모든 것을 빨아들이고 종국에는 자신마저 먹어치우지.

형들과 누나들이 모니터와 어울려 기생수로 증폭하는 장면을 그려본다. 그들의 육체와 모니터가 인체 연성을 시작해 거대한 기생수로 거듭나고 있다. 여덟 개의 눈알이 박힌 이 기묘한 생물체는 억제할 수 없는 욕망을 분출하며 폭주를 시작한다. 병실을 꽉 채운 덩어리는 창문을 깨뜨리고 밖으로 뻗어나간다. 구석에 숨어 있는 나에게도 거대한 촉수 하나가 다가와 목을 감싼다. 그들이 나와 합체하려고 한다. 창자처럼 물컹한 덩어리가 나를 빨아들인다. 거대한 덩어리 속에 빠진 나는 숨이 막혀 허우적댄다. 안 돼, 안 돼. 필사적으로 버둥대는 손안에 커다란 덩어리가 잡힌다.

'찰싹' 두툼한 손바닥이 내 얼굴을 갈긴다. 엄마의 궁둥이를 잡고 허우적거리던 나는 얼른 눈을 뜨고 일어난다. 모니터를 바라보던 눈들이 일제히 나를 향하고 있다. 한심하다는 눈초리들. 머쓱해진다. 언제 왔다 갔을까. 전광석화 같은 손놀림이다. 엄마의 내공은 상상을 초월한다. 언제나 물 자루처럼 늘어져 있지만, 한번 움직이면 가히 상상을 불허할 만큼 빠르다.

형들과 누나들이 돌아가자, 엄마는 저녁이 늦었다고 투덜댔다. 휴게실에서 뜨거운 물을 받아다가 사발면에 부어주자, 햇반을 말아 큰누나가 해온 밑반찬으로 저녁을 거하게 먹고는 다시 소파에 누웠다. 물론 눕기 전에 통성기도를 빼놓지 않았다. 기도는 엄마 인생에 없어서는 안 될 동반자다. 언젠가 아버지 때문에 속이 상해 죽으려고 농약을 가지고 뒷산 동굴에 들어간 적이 있다고 한다. 뚜껑을 따서 앞에 놓고 있으려니 오만 가지 생각이 스치면서 갑자기 기도가 하고 싶어졌다고. 죽기 전에 모든 걸 용서해야지 하고 시작한 기도는 어느새 눈물 콧물이 쏟아지면서 대성통곡으로 변했고, 그렇게 사흘 동안 굴속에서 울고 나자 마음이 바뀌어 산에서 내려왔다고 한다. 그 뒤 기도만 하면 마음이 편해진다고 나에게 간증하듯 이야기했다. 하지만 내가 보기에는 사흘 동안의 벽면 수도를 통해 나름대로 득도한 게 분명하다. 그때 얻은 '일갑자' 정도의 내공이 엄마의 나머지 인생을 지탱해주었고.

엄마가 아무리 거친 욕설을 해대도 누구 하나 시비 걸지 못하는 이유도 그 내공에서 뿜어 나오는 '포스' 때문일 것이다. 물론 범상치 않은 엄마 외모도 한몫했다. 모과처럼 울퉁불퉁한 엄마 얼굴에 이맛살이 잡힐라치면 덩치가 산만 한 큰형도 고양이 앞에 쥐가 되었다. 거기에 일갑자 내공이 더해졌으니 말해 무엇 하랴.

나도 자려고 엄마 옆에 누웠다. 하지만 자리가 너무 좁고 코 고는 소리 때문에 도무지 잠을 잘 수가 없다. 몇 번을 뒤척이다 끝내 포기하고 아버지 곁으로 갔다. 워낙 작은 양반이 입원 후에는 더 쪼그라들어 얼굴만 폭삭 늙은 아이처럼 보였다. 침대는 둘이 자기에 넉넉했다. 손에 낀 심전도 줄만 건들지 않는다면 문제없다. 하긴 의사도 포기한 마당에 뭐가 문제겠는가. 나는 아버지를 옆으로 살짝 밀어내고 그 자리에 누웠다. 퀴퀴한 냄새가 아버지 쪽에서 솔솔 새어 나온다. 등창 냄새일까.

아버지는 멀쩡할 때도 항상 냄새가 났다. 겨우내 입었던 황토색 파카에서는 시큼한 냄새가 났고, 여름 내내 입었던 긴소매 남방에서는 쉰내가 났다. 누런 이빨 사이로는 썩은 암모니아 냄새도 새어 나왔다. 냄새를 맡고 있자니 아버지가 그리워진다. 언제나 합죽이처럼 히죽히죽 웃고 다니는 아버지 별명은 '병팔이'다.

우리 집과 옆집 사이 빈터에는 커다란 천막이 쳐져 있다. 이곳이 아버지 고물상이다. 아버지는 주워온 고물 중 빈 병만 주둥이를 뒤로 해 양쪽 담벼락에 높이 쌓아놓았다. 각가지 음료수병과 소주병, 맥주병 등을 크기별, 종류별로 정성스럽게 쌓아 아버지 나름의 디스플레이 해 놓은 것이다.

그것들은 구질구질한 천막 안을 산뜻한 분위기로 바꿔놓았다. 강렬한 태양 빛이 형형색색의 유리병에 반사되어 부드러운 채광으로 변했다. 덕분에 천막 안은 은은하고 엄숙한 분위기가 연출되었다. 날씨가 좋은 날 천막 안에 들어서면 유리병에 반사된 햇살 때문에 경건한 느낌마저 들었다. 마치 성당에 미사를 드리러 온 기분이랄까. 안쪽에 제멋대로 쌓여 있는 폐지 더미만 없다면 좀 더 그럴듯하겠지만.

천막 한가운데는 양쪽 유리 벽과 뒤쪽 폐지 산을 배경으로 제법 큰 텐트가 자리 잡고 있다. 아버지는 이곳에서 TV, CD플레이어, 라디오에 작은 냉장고까지 갖춰놓고 살고 있다. 바닥에는 내가 먼지를 털기 위해 걷지 않으면 결코 치워지는 법이 없는 국방색 모포와 침낭이 깔려 있다. 여기서 아버지는 친구들과 화투를 치거나 술판을 벌인다.

"병팔이 있냐? 병팔아, 형님 왔다."
낡은 군용 야상이 트레이드마크인 배 상사 아저씨. 웃을 때면 씹다 버린 풍선껌 같은 잇몸이 몽땅 드러나는 엄 씨 아저씨. 바지춤이 언제나 풀어져 있는 진 씨 아저씨. 변변치 못한 위인이 대부분이다. 그래도 수도 검침을 다니는 이 주사 아저씨가 제일 낫다.

"병팔아, 병 가져왔다. 안주 내 온나."
아저씨들은 손에 빈 병이나 찌그러진 양은 냄비 따위를 잔뜩 들고 쳐들어온다. 아버지는 잽싸게 튀어나와 손님을 맞는다. 그리고 바로 술판이 벌어진다. 휴대용 가스레인지 위에 바닥이 시커멓게 그을린 양은 냄비가 올라가고 그 안에 참치 통조림과 묵은김치를 넣고 김치찌개를 끓인다. 술은 대개 아버지 친구들이 사 온다. 빈 병 사이에는 아직 뚜껑을 따지 않은 소주병이 서너 개 있기 마련이다.

빈 병은 일종의 입장료였다. 아버지 친구들이 이곳에 올 때면 으레 빈 병을 가져오는 게 관례가 되었다. 빈 병이 없으면 소주라도 사 가지고 와서 일부러 빈 병을 만들어야 했다. 소주병은 비는 족족 벽으로 올려졌다. 나도 어릴 적에는 늘 그 자리에 끼어 있었다. 잔심부름을 해주고 안주로 사 온 오징어나 땅콩을 얻어먹으며 어른들의 이야기에 귀를 기울였다. 어른들은 주로 젊었을 적 공사판을 떠돌던 무용담을 이야기했다.

그중 가장 흥미 있는 이야기는 아버지에 관한 일화다. 아버지가 화제에 오르면 어김없이 엄마도 딸려 나온다. 지금은 '병팔이'로 불리고 있지만, 그때에는 '우리들의 원숭이'였다고 한다. 몸집이 작은 아버지는 공사장에서 비계 매는 일을 했다. 외벽에 파이프를 묶어 발판이 놓일 수 있게 기둥을 세우는 일로 공사장에서 가장 사고가 많이 나는 작업이라고 한다. 하지만, 아버지는 사고 한 번 없이 원숭이처럼 비계 사이를 넘나들었다고 한다.

"내사 아시바를 넘나들면 넘들은 원싱이 같다고 주디가 짝 벌어졌지만 내는 오금이 저렸던 기라. 이 층이야 개안치만 삼 층만 넘어가 뿔면 달구지가 후들거리는 기라. 한 오 층이 넘어스면 목숨 줄 놓았다고 봐야제. 안전장치가 있나 뭐가 있나. 그때는 지금 모냥 아시바가 파이프가 아니라 나무여서 일은 곱으로 힘들었다 아이가. 댕강거리는 나무 꼭대기에 매달려 아래를 내려다보면 까마득하제. 손만 삐끗하면 고만 골로 가겠구나 생각하면 등허리가 축축해지는 기라."

그런 이야기를 들을 때마다 나무 위에 원숭이처럼 매달린 아버지 모습을 상상했다. 눈이 크고 귀가 쫑긋한 아버지가 코알라처럼 나무에 찰싹 붙은 채 달랑거리는 삽화도 여러 장 그려보았다. 너무나 잘 어울렸다.

"그 당시 니 엄만 굴다리시장 삼대 추녀 중 하나였지. 덩치는 남자보다 컸지. 넉살은 과부보다 좋았지. 통닭집 '엄앵란' 하면 모르는 사람이 없었다니까. 우리가 입가심으로 맥주 한잔하러 가면 니 엄만 '엄앵란'이 보러 왔냐고 넉살 좋게 웃어댔지. 그 엄앵란이 니 아버지를 얼마나 좋아했는지 아니. 우리끼리만 가면 '영팔 씨는요. 우리 영팔 씨는요' 하고 고개가 자라목처럼 쭉 나왔다니까. 나중에 늦게라도 니 아버지가 오면 통통한 닭 한 마리를 들고나와서 우리 영팔 씨 먹어야 한다고 우리는 근처도 못 오게 했어."

맥주병 밑바닥만큼이나 두꺼운 돋보기를 쓴 이 주사 아저씨가 소 눈깔 같은 커다란 눈을 껌벅이며 나를 붙잡고 이야기를 시작하면 모두가 박장대소를 했다.

"하루는 엄 여사가 작심을 했나 봐. 소주와 통닭을 산처럼 쌓아놓고 우리 모두를 오라고 한 거야. 밤늦게까지 고주망태가 되도록 술을 먹여놓고는 거사를 벌인 거지. 내가 술이 취해 엎드려 있는데, 어디선가 어, 어 하는 소리가 들리는 거야. 눈을 떠보니 엄 여사가 니 아버지를 덥석 들어 올려 옆구리에 끼고는 성큼성큼 방 안으로 들어가는 게 아니겠어. 뭔 일인가 하고 따라가서 문턱에 앉아 귀를 기울였지. 안에서는 어, 어, 하는 니 아버지 목소리만 들려오는 거야. 우린 모두 배꼽이 빠지도록 웃어댔지. 그날 우린 밤새도록 엄 여사의 거사를 축하하며 술을 마셨지."

그렇게 아버지를 꿰찬 엄마인지라 아버지에게는 관대했다. 결혼 후 아버지가 집에 머물지 않고 공사장을 떠돌아다녀도 엄마는 아무 말도 하지 않고 통닭을 튀기며 아버지를 기다렸다. 대신 아버지가 집에 오는 날이면 어김없이 끌고 들어가 아이를 만들었다. 형들과 누나들이 태어날 수 있었던 것은 순전히 엄마 덕분이다.

*

'쉬익'
무언가가 내 귓가를 스치더니 32인치 LCD TV 바로 옆 벽면에 부딪혔다.
"이런 오라질 놈의 새끼."
이어 뒤따라 터져 나오는 육두문자. 나는 얼른 TV를 껐다. 하필

틀자마자, 염불이 흘러나올 게 뭐람. 황급히 바닥에 떨어진 찬송가를 집어 들었다. 검정 가죽에 금박이 박힌 찬송가를 어머님께 송구스럽게 바치고 얼른 병실 밖으로 도망쳤다.

"야이, 쌍년의 새끼야. 니 아버지가 천국 가느냐, 지옥 가느냐 하는 마당에 마귀가 염불하는 걸 틀어놔. 니가 도대체 정신이 있는 놈이냐, 없는 놈이냐?"

한번 잠이 들면 누가 업고 가도 모를 정도로 깊이 자는 양반이 조그마한 염불 소리에 잠이 깨다니 정말 대단한 내공이 아닐 수 없다. 엄마의 심사가 가라앉을 때까지 일 층 로비에 앉아 있는 게 좋을 성싶다. 잠자기 전 통성기도로 방 안을 성령으로 가득 채워놨는데, 내가 염불로 오염시켜 놨으니 다시 정화시키려면 시간이 꽤 걸릴 것이다. 괜히 나 때문에 아버진 그 난리 치는 기도 소리를 또 들어야 한다. 목청이 큰 엄마의 무지막지한 기도 소리는 무당집 저리 가라였다. 이곳이 기독교에서 운영하는 곳이기 망정이지 일반 병원 같으면 진작 쫓겨났다. 병실 바닥이나 두들기지 않으면 좋으련만.

시간이 늦어서인지 일 층 로비는 한산했다. 하늘색 간병복을 입은 사람이 장의자에 누워 휴식을 취하고 있을 뿐 아무도 없었다. 과연 아버지가 오늘 밤도 무사히 넘길 수 있을까. 담당 의사가 회진을 돌 때 마침 큰형이 와 있었다.

"밖에서 이야기하시죠."

아버지 상태를 묻는 큰형을 의사는 병실 밖으로 데리고 나갔다.

"환자는 의식은 없지만 이야기는 다 알아듣습니다. 충격을 받으시면 좋지 않기 때문에…."

의사는 상당히 진중한 사람이었다.

"환자분께서는 이미 돌아가셨어도 전혀 이상할 게 없었습니다. 몸 안의 장기는 암 덩어리 때문에 아무런 활동도 못 하고 있습니다. 그런데도 환자분께서는 용케 버티고 계십니다. 정말 강한 생명력이십니다. 물론 저희가 최선을 다한 덕분이기도 합니다."

의사는 아버지가 아직 살아 있다는 사실에 상당한 자부심을 갖고 있는 듯했다. 형은 아무 말도 못 하고 고개만 끄덕였다.

"앞으로 얼마나 더 사실까요?"

형이 초조한 표정으로 물었다.

"이미 말씀드렸지 않았습니까. 환자분께서는 지금 당장 돌아가셔도 결코 이상하지 않다고요. 이제는 의학적인 문제가 아니라 정신력 문제입니다. 살고자 하는 의욕을 놓지 않는 이상 계속 버티실 것이고, 의욕의 끈을 놓는 순간 바로 운명하실 겁니다. 그 시간은 주님만이 아실 겁니다."

'니미럴' 의사와 헤어지면서 형이 중얼거린 말이다. 형으로서는 정말 '니미럴'일 것이다. 하루를 못 넘길 거라 해서 왔는데 벌써 삼 일째다. 이십칠만 원이 삼 일이라니, 한숨이 나올 만도 했다.

'저 인간이 저리 버티는 건 약을 많이 처먹어서 그래. 니들이 내 생일날 사다 준 스쿠알란인가 하고 비타민제하고 저 인간이 다 처먹

었잖아. 아마 그 약 기운으로 저리 오래 버티는 걸 거여.'

엄마는 형들과 누나들이 사준 영양제와 건강식품을 제때 먹지 못하고 이리저리 굴렸다. 아버지는 그것들은 슬쩍 들고나와 끼니처럼 챙겨 먹었다. 술을 마신 뒤에는 비타민제, 아침에 일어나서는 스쿠알렌, 큰누나가 사 온 흑마늘 엑기스도 아버지가 야금야금 마셔버렸다. 엄마처럼 시간을 못 맞추거나 잊어버리는 법은 결코 없었다. 자신의 건강만큼은 정말로 잘 챙겼다.

언젠가 청소를 하려고 낡은 담요를 걷어내다가 그 밑에서 옻칠 된 검은 나무상자를 발견했다. 호기심에 열어보니 손바닥만 한 사기단지가 솜뭉치에 싸여 있었다. 꼼꼼히 밀봉한 단지를 열어보니 회색 가루가 들어 있었다. 아버지한테 물어보니 화분가루라고 했다. 어디서 얻어 왔는지는 모르지만, 몸에 좋은 거라면 양잿물도 마실 양반이다. 그래서인지 아버지는 염소처럼 건강했다. 매일 술을 마셔도 새벽이면 어김없이 시내에 나가 파지를 주워 왔다. 그런 아버지가 암에 걸리다니 역시 건강식품은 믿을 게 못 된다.

핸드폰으로 시간을 확인했다. 아직 15분밖에 지나지 않았다. 기도가 끝나려면 좀 더 있어야 한다. 앞에 있는 현금 인출기에 자꾸 눈이 간다. 안주머니에 있는 통장을 조심스럽게 만져보았다. 다시 한 번 시도해볼까. 기회는 한 번밖에 없다. 좀 더 신중할 필요가 있다. 한 번만 더 틀리면 슈퍼코믹시티는 진짜 물 건너간다.

*

　아버지가 혼수에 빠지기 직전, 나는 침대 옆에서 알바로 있던 만화가게에서 가져온 『베르세르크』를 읽고 있었다. 만화책 중에서 너무 오래되거나 파손이 심한 책은 헐값에 고물상으로 넘겨졌다. 그중에서 몇 권 골라왔다. 몇 번이나 본 내용이지만 다시 보아도 감탄할 만했다. '미우라'의 내공에 존경을 표하며 만화에 집중하고 있는데 어디선가 신음 소리가 들려왔다. 고개를 돌려보니 아버지의 입술이 갓난아이처럼 오물거리고 있었다. 얼른 만화책을 덮고 아버지 곁으로 다가가 귀를 가까이 댔다. 아버지 말대로 베개 속에 손을 넣어 까만 비닐봉지를 꺼냈다.

　그 속에는 통장과 도장이 있었다. 그것을 보여주자 아버지는 고개를 끄덕였다. 그러고는 '082'를 몇 번 중얼거리고는 힘이 부친 듯 눈을 감았다. 순간 그게 비밀번호라는 걸 알고 잽싸게 통장 뒷면에 적었다. 때마침 들어온 엄마에게 아버지를 맡기고 화장실로 가서 액수를 확인했다. 백구십삼만 원. 내가 원했던 액수였다. '쟈렘'으로 가기 위해 아버지에게 얘기했던 그만큼의 돈이었다. 등록금이야 어쩔 수 없다지만 이 돈에 대해선 아버지도 책임을 느끼고 있었던 게 분명했다.

　내가 지방대 예술만화과 합격 통지서와 입학금 고지서를 내놓은 날 우리 집에서는 난리가 났다. 형들과 누나들은 기가 찬다는 표정이었고, 엄마는 어이없어했다. 유일하게 내 편인 아버지는 고개 한 번 삐죽 내밀고는 고물상으로 가버렸다. 우리 집에서 대학에 들어간 사람은 아무도 없었다. 모두 고등학교를 졸업하고 제 밥벌이를 했다. 큰형은 공단에서 용접을 했고, 작은형은 대형면허를 따 덤프카를 몰았다. 큰누나도 흔히 말하는 공순이가 됐다. 작은누나는 엄마 곁에서 닭을 튀겨내고 있었다. 그런데 내가 법학도 경제도 아닌 만화를 그리는 전공을 내밀고 대학교에 가겠다고 나왔으니 난리가 날 만도 했다. 모두 어림없다는 표정이었다.

애초부터 결론은 나 있었다. 니가 알아서 가라는 거였다. 하긴 사백만 원이 넘는 등록금을 누가 대주겠는가. 나는 알아서 포기했고 대신 만홧가게에서 아르바이트를 시작했다. 그렇다고 완전히 포기한 것은 아니다. 언젠가는 만화의 메카인 일본으로 공부하러 가겠다는 계획을 갖고 있었다. 그러기에 5월 골든 위크 동안 동경에서 열리는 슈퍼코믹시티에 어떡하든 가고 싶었다. 게다가 이번에는 이케부쿠로에서 『하가렌』 원화전까지 열린다. 아무래도 『은혼』의 강세 때문에 『하가렌』은 더는 버티기 힘들 것이다. 이번 원화전이 마지막일지 모른다. 이번에 『하가렌』을 사지 못하면 앞으로 통판을 구입하기란 하늘의 별 따기일지도 모른다.

아버지가 아직 죽으면 안 된다. 잠시라도 좋으니 눈을 떠서 나에게 비밀번호를 알려주고 가야 한다. 내가 만화에 빠진 건 아버지 고물 때문이니, 그 정도는 해주고 가야 한다.

어렸을 적부터 식구들 구박을 피해 고물 속에서 지냈던 나는 자연스럽게 만화와 가까워졌다. 만화책에는 내가 알아야 할 모든 것들이 있었다. 초등학생, 중학생, 고등학생으로 커가면서 내가 찾는 만화도 따라 진화했다. 건담 시리즈에 빠져 있던 나는 어느 날부터인가 음침한 어른들의 이야기 속을 걷고 있었다.

자작나무 숲에서 벌이는 소년들의 축축한 사랑, 태초의 마성이 폭주하는 공포의 세계, 내면의 윤리를 해체한 인간의 잔혹사. 덫에 걸린 쥐를 물속에 집어넣으며 환호하는 아이들을 이해할 수 있게 되었고, 냇가를 붉게 물들이며 초경을 하는 소녀의 삽화에도 고개를 끄덕일 줄 알게 되었다. 언제부턴가 젖가슴이 삐져나온 여전사의 그림에 정액을 묻힐 줄도 알았다. 학교에서 돌아오면 산더미 같은 고물 속에서 내 사춘기를 위로해줄 만화를 찾으며 시간을 보냈다. 만화는 내 사춘기의 동반자였다.

*

"아, 이 썩을 놈아, 천천히 얘기혀봐. 그러니까 글자를 다 썼으면 요걸 누르라는 거냐?"

엄마가 두툼한 손으로 핸드폰을 조몰락거리며 답답해했다. 아니 내가 더 답답하다. 벌써 10분이나 문자 입력과 메시지 보내는 방법을 설명했다. 두꺼운 손가락으로 코딱지만 한 버튼을 누르는 것은 자판 위에서 코끼리가 피겨 스케이팅을 하는 것만큼이나 어려웠다. 한 번 누를 적마다 두세 개의 철자가 같이 입력됐다. 결국, 문자 입력을 포기하고 저장된 메시지를 꺼내서 보내는 방법으로 선회했다. 엄마가 갑자기 문자를 배우겠다고 나선 이유는 아버지 친구들 때문이다.

오전에 아버지 친구들이 몰려왔다. 손에는 공병 대신 깡통이 몇 개 들려 있었다. 평소와는 달리 농담을 하거나 떠들지 않고 아버지 곁에서 눈물만 찔끔거렸다.
"병팔아, 인나라, 이게 뭐냐. 니가 몇 살이라고 죽냐. 눈 좀 떠봐라. 형님들 왔다."
배 상사 아저씨가 울먹이며 말했지만, 아버지는 미동도 하지 않았다. 한참을 훌쩍이며 비통해하던 아버지 친구들은 조금씩 모은 거라며 봉투 하나를 엄마 손에 쥐여주고 돌아갔다. 친구들이 돌아간 후 엄마는 정색을 하며 나에게 문자 보내는 방법을 알려달라고 했다.

"니 아버지 죽는다고 운 사람은 저 인간들이 처음이다. 핏줄이라는 것들이 돈만 걱정하지, 지 애비 죽는다는데 눈물 하나 안 보이고. 쯧쯧쯧…."
엄마가 혀를 길게 찼다. 엄마는 피가 안 섞였으니 그렇다 치더라도 형들과 누나들은 정말 너무했다. 아버지 죽음보다 빌라가 올라가느냐 마느냐에만 관심이 있었다. 하긴 나도 할 말은 없다. 내 관심은 온통 현금 인출기에 있었으니까.

'공영팔 씨가 돌아가셨음을 알려드립니다.'

"야이, 쌍년의 새끼야, 니 애비 친구들이 이렇게 쓰면 알아보겠냐. 영팔이라는 이름 안 쓴 지가 언젠데. 그냥 '병팔이 죽었음' 이렇게 찍어놔라."

늘 거침없이 말을 내뱉는 엄마라지만 이번만큼은 화가 났다. 아무리 아버지가 밉다지만 마지막 가는 날까지 이렇게 무시하는 건 너무했다. 죽음 앞에서만큼은 존중해줘야지, 그래도 부부 사이인데. 가슴 한구석이 부글부글 끓어올랐다.

"요걸 누르고 다시 1번을 누른 다음, 확인 버튼만 누르면 니 애비 친구들한테 모두 간다 이거지?"

"아버지 친구뿐 아니라 형, 누나들까지 모두 한 방에 가게 했으니까, 무슨 일이 생기면 바로 문자 쏘세요. 그리고 마지막인데 이름이나 제대로 붙여주세요. '병팔이 죽었음' 이게 뭐예요. 애들 장난도 아니고. '공영팔 님께서 돌아가셨음' 이렇게 찍어놓았어요."

나도 모르게 목소리가 커졌다. 병실을 나서는데 성경책이 날아오지나 않을까 하는 염려에 목이 저절로 움츠려졌다. 다행히 문이 닫힐 때까지 그런 불상사는 일어나지 않았다. 내가 이런 용기를 낼 수 있던 건 아버지가 통장을 주었기 때문이 아니다. 누가 뭐래도 우린 한 핏줄이다. 대학을 포기하던 날 아버진 텐트 안으로 나를 불러들였다.

"등록금이 얼마꼬. 이번만 해주면 담부터는 니가 벌어 다닐 수 있는 게지?"

아버진 자못 진지한 얼굴로 물었다.

"뭐라코. 뭔 등록금이 사백이나 한다냐. 햐, 대학교라 틀리긴 틀리구만."

아버지 얼굴은 괜히 물어봤다는 표정이 역력했다. 하지만, 이런 적이 한 번도 없었기에 쉽사리 놓칠 수 없었다.

"이백만 원이면 된다고. 일본으로 공부하러 가는 기면 유학 가는 긴데. 그게 우째 덜 드노."

나는 필사적으로 아버지에게 설명했다. 그것이 여기를 벗어나 '쟈렘'으로 갈 수 있는 유일한 방법이라는 걸.

"일주일만 가서 공부한다고야. 하기사 요즘은 연수들도 많이 간다 하더만. 내년 봄이면 아직 시간이 있제. 내 우찌 해 볼 테니까. 니도 기죽지 말고 열심히 만화 공부 하거래이."

힘이 쭉 빠졌다. 그것은 '다음에 보자'라는 말과 같았다. 평소 아버지 행동을 보건대 다음을 기약할 분이 아니었다. 애석하지만 포기할 수밖에 없었다. 그런데 아버지는 나를 위해 돈을 모으고 있었다. 그리고 죽어가면서 통장을 넘겨주었다. 비밀번호도 같이 챙겨주었으면 좋았을 텐데. 그나저나 마지막 숫자는 무얼까. 한 번만 더 틀리면 어쩔 수 없이 큰형에게 통장을 내주어야 한다.

아버지가 암 진단을 받은 날 열렸던 가족회의에서 가장 큰 걱정은 병원비였다. 암이라는 게 얼마나 많은 돈을 잡아먹는 병인지 형들과 누나들은 잘 알고 있었다. 형들과 누나들은 암에 걸려 집안을 말아

먹은 친구를 하나둘 정도는 갖고 있었다. 모두 입에 거품을 물고 그 무서움에 대해 떠들어댔다.

그다음은 암이 수술을 받고도 완치될 수 없는 무서운 병이라는 데 초점이 모아졌다. 나이 먹은 사람 중에는 수술을 성공적으로 마치고도 마취에서 깨어나지 못해 그냥 죽는 경우가 다반사라고 큰형이 심각하게 말했다. 모두 고개를 끄덕이며 동의했다. 간암 말기라 수술을 해봤자 일 년을 넘기기 힘들다는 의사 말을 큰형이 전하자, 큰누나와 작은누나가 훌쩍였다. 하지만 수술을 안 하면 석 달을 넘기기 힘들다는 말은 그 훌쩍이는 소리에 묻혀서 잘 들리지 않았다. 한동안 누나들은 찔끔거렸고, 형들은 한숨을 쉬었다.

그러나 나는 눈물도 한숨도 나오지 않았다. 조그마한 아버지 몸 안에 커다란 암 덩어리가 있다는 게 도무지 믿기지 않았다. '커다랗다'는 게 도대체 얼마나 커다란지 혼자 가늠을 해보았다. 아버지 배 속에 내가 생각한 커다란 덩어리를 넣자 아버지의 배는 참치처럼 부풀어 올랐다. 나도 모르게 웃음이 나왔다. 다행히 웃음이 입 밖으로 나오기 전에 작은형이 뒤통수를 한 대 갈겨줬다.

회의는 일사천리로 진행됐다. 아버지는 몸이 허약하니 절대로 칼을 대지 말 것. 병원에 입원해봤자 고칠 수 없다고 하니까 최대한 집에서 편하게 모실 것. 지금부터 아버지에게 들어가는 비용은 나를 뺀 사 남매가 공평하게 분담할 것. 나는 대신 아르바이트를 그만두고 아버지 간병에 임할 것. 이것이 그날 결론이었다.

　로비는 여전히 한산하고 조용했다. 지루해진 나는 품속에 소중히 보관하고 있던 『총몽』 컬러본을 꺼냈다. 만화책을 수령하기 위해 총판에 갔다가 발견했다. 통판에서 중요한 부분만 뽑아 발행한 컬러본이다. 한국에 들어와 있는 줄 몰랐다. 켈리의 광전사 갑옷부터 하늘에 떠 있는 공중도시 '쟈렘'까지 완전히 풀컬러다. 주문한 만화책을 받아 나오면서 슬쩍 밑에 끼워 넣었다.

　첫 장에서 나오는 켈리의 검은 머리와 커다란 눈, 무엇보다 근육과 곡선이 잘 어우러진 광전사 몸체가 마음에 든다. 이드가 우주선 잔해에서 우연히 발견한 광전사 몸체는 고대 화성 전사의 갑옷이다. 켈리와 너무 잘 어울렸다. 프라모델이 나온다면 무슨 수를 써서라도 사야지. 켈리와 함께 고철 더미에 앉아 공중도시 '쟈렘'을 바라보는 지상도시 아이들 표정이 쓸쓸하다. 선택받은 자만이 사는 하늘도시 '쟈렘'은 아이들의 유토피아였다. '쟈렘'에서 버린 고물을 뒤지며 사는 지상 사람들은 '쟈렘'으로 가는 날을 꿈꾸며 살고 있다.

　『총몽』을 본 후 나만의 '쟈렘'을 만들었다. 아버지 고물 더미가 지상도시였다면 슈퍼코믹시티는 나의 '쟈렘'이었다. 이번에 카페에 올린 웹툰도 반응이 신통치 않았다. 재개발로 말미암아 고물상에서 쫓겨나게 된 부부의 삶을 그린 '낯선 세상'은 나름 심혈을 기울였지만 조회 수가 많지 않았다. 요즘에도 그런 것을 그리고 있냐는 댓글이 더 많았다.

상상력의 한계였다. 터부의 세계를 넘나드는 상상력이 필요했다. 그러기 위해서는 고물상에서 벗어나 인간이 상상할 수 있는 것은 무엇이든 그리는 '쟈렘'으로 가야 한다. 매년 이만 개가 넘는 동호회가 참가하고 백만 명이 넘는 사람들이 몰려오는 슈퍼코믹시티야말로 내가 꿈꾸는 '쟈렘'이었다.

병실을 나온 지 어느새 한 시간이 지났다. 슬슬 졸음이 몰려왔다. 『총몽』을 안주머니에 넣고 일어섰다. 일인실로 옮긴 지 벌써 오 일째다. 아버진 끈질기게 버티고 있었다. 형들과 누나들은 지쳤는지 발길을 끊었다. 내 예상대로 아버지는 쉽게 죽지 않았다. 그렇다고 '회광반조'가 찾아오지도 않았다. 그저 조용히 잠만 자고 있을 뿐이다.

검정 비닐 의자 사이를 빠져나오는데 바지 주머니에서 '부르르' 떠는 진동이 느껴졌다. 핸드폰을 꺼내 액정화면에 뜬 메시지를 보는 순간 가슴이 '쿵' 하고 내려앉았다. 확인해보나 마나였다. 엄마가 보냈다는 건 아버지 죽음밖에 없다. 마음을 가다듬고 확인 버튼을 눌렀다. '공영팔 님께서 돌아가셨음' 엄마가 보낸 문자가 화면에 떴다.

조그맣고 냄새나던 아버지가 죽었다. '공영팔 님께서 돌아가셨음'이라는 까만 글자를 다시 들여다보았다. 바탕체로 또박또박 쓰인 글자는 아버지의 죽음을 명확히 확인시켜 주었다. 갑자기 새가 된 기분이다. 누군가 잡고 있던 날개를 놓아준 것처럼 어깻죽지가 가벼워졌다. 그래서일까. 문자를 보고 있으면서도 전혀 슬픔이 느껴지지 않았다. 언젠가 술에 취한 아버지에게 생모에 대해 물은 적이 있었다.

'그 사람은 내를 존중해줬던 유일한 사람이었제. 모두 내를 '병팔이'라고 무시했지만, 그 사람은 죽을 때까지 내를 '영팔 씨'라고 불렀제. 내는 그 사람과 살고 싶었던 기라. 니를 낳다 죽지만 않았어도 내는 여기에 절대로 돌아오지 않았을 기라. 핏덩이인 니를 살리려니 어쩔 수 없어 돌아왔지만 맘까지 붙일 수는 없었던 기라. 그래서 여기 나와 사는 기제. 여기 있으면 그 사람이 같이 있는 것 같아 맘이 푸근해지는 기라.'

아버지는 혼자서 '쟈렘'에 살고 있었다. 천막에서 사기단지와 함께 지낸 아버지는 행복했다. 죽어서도 '쟈렘'에서 살려고 했다. 그래서 내게 통장을 넘겨주는 조건으로 옻 상자에 든 사기단지를 관 속에 넣어달라고 했다. 그때는 통장 때문에 마음이 들떠 왜 화분가루를 넣어달라는지 신경 쓰지 않았다. 아버지는 자신의 건강을 챙겼던 것처럼 자신의 내세도 잘 챙겼다.

거기에 비해 엄마는 목소리만 컸지 손에 쥐여주는 약조차 챙겨 먹지 못했다. 아버지 주검 앞에 홀로 있을 엄마는 어떤 표정을 짓고 있을까. 울고 있을까. 엄마가 운다는 게 상상이 되지 않았다. 여태껏 엄마가 우는 모습을 딱 한 번 봤다. 아저씨들 술자리에 끼여 있다가 우연히 엄마가 내 친엄마가 아니라는 사실을 알았다. 그러자 그동안 풀리지 않고 있던 내 인생이라는 이천 피스짜리 직소퍼즐이 척척 아귀가 맞아떨어졌다. 퍼즐이 완성되자 패닉이 찾아왔다. 충동적으로 고물 더미로 뛰어 들어가 빨간 줄이 쳐진 약봉지를 찾아 입에 털어 넣었다. 엄마가 손가락을 내 목젖 깊숙이 쑤셔 넣어 배 속에 있는 것들을 모두 게워내게 했다. 토사물을 한 바가지 쏟아내자 정신이 돌아왔다. 엄마는 반쯤 까불려져 있는 나를 그 두꺼운 손바닥으로 사정없이 두들겨 팼다.

'아이, 쌍년의 새끼야. 뒈지는 게 그렇게 쉬운 줄 알아. 내가 널 어떻게 키워놓았는데 니가 그렇게 쉽게 죽으려고 해. 그 연놈들이 내 속을 그만큼 뒤집었으면 됐지, 너까지 내 속을 뒤집어. 넌 내 새끼야. 누가 뭐래도 넌 내 새끼야. 또다시 애한테 쓸데없는 소리를 지껄이는 놈이 있으면 아가리를 찢어버릴 테니까 알아서 해, 이 쌍놈의 새끼들아.'

지금도 나를 안고 눈물을 펑펑 흘리던 엄마의 모습을 잊을 수가 없다. 거친 볼 위로 흘러내리던 굵은 눈물이 아직도 눈에 선하다. 어쩌면 지금 그때처럼 대성통곡을 하고 있을지 모른다. 아무리 내공이 깊은 엄마라도 이번만큼은 참지 못할 것이다. 이십 년 한이 한꺼번에 분출된다면 일갑자 내공이라도 쉽게 억누르지 못할 것이다. 그래서 사기단지보다 못한 자신의 인생을 한탄하며 울고 있겠지. 무지막지한 손바닥으로 내 등짝을 갈겨대며 아픔을 삭이던 엄마를 생각하니 코끝이 찡해진다. 가슴도 싸해지면서 뜨거운 덩어리가 목을 타고 넘어오려 한다. 쏟아지는 콧물을 훌쩍이며 뜨거운 덩어리를 도로 삼키기 위해 애를 썼다.

갑자기 목이 터져버렸다. 의자에서 쉬고 있던 몇 사람이 깜짝 놀라 나를 쳐다봤다. 하지만 한번 터진 울음은 멈춰지지 않았다. 누군가 티슈를 건네줬다. 눈물을 닦으며 엄마를 보기 위해 엘리베이터로 향해 달려갔다. 엘리베이터 문이 열리자 산뜻한 아가씨들이 한 무더기 쏟아져 나왔다. 교대하고 퇴근하는 간호사들이다. 텅 빈 엘리베이터 안에서는 진한 화장품 냄새가 가득했다.

오 층에서 아이를 데리고 탄 아줌마가 코를 '흠흠'거리는 나를 이상하게 쳐다봤다. 오해를 풀기 위해 손에 쥐고 있던 티슈로 코를 힘껏 풀었다. 아줌마가 질색하며 다음 층에서 아이를 끌고 내렸다. 그 바람에 아이가 들고 있던 음료수병이 바닥에 떨어졌다. 나는 코 묻은 티슈와 빈 병을 손에 들고 십 층에서 내렸다.

엘리베이터 옆에 있는 휴지통에 빈 병을 집어넣는 순간 머릿속에서 떠오르는 게 있었다. 아! 내가 왜 아버지 이름을 생각 못 했지. 재빨리 엘리베이터 버튼을 눌렀다. 하지만 간발의 차이로 밑으로 내려갔다. 비상구를 향해 몸을 날렸다. 발끝으로만 일 층까지 단숨에 뛰어 내려갔다. 마지막 계단에서 발끝이 체중을 지탱해주지 못하는 바람에 바닥에 나뒹굴고 말았다. 한쪽 발목이 얼얼했다. 정말 아팠지만 꾹 참고 절뚝거리며 로비를 향해 걸어갔다. 외래환자 접수처 옆에 현금 인출기가 보이자, 나도 모르게 웃음이 나왔다.

비밀번호는 아버지 본명을 딴 게 분명하다. 엄마 휴대폰에 찍어놓고 그걸 생각 못 하다니. 통장을 꺼내 현금 인출기에 집어넣었다. 비밀번호 네 자리를 누르라는 안내문이 나오자 숨을 크게 내쉬고 아버지 이름을 생각했다. 평생 '병팔이'로만 불린 아버지는 누구도 본명을 기억해주지 않는 게 한이 되었다. 결혼 전에는 '영팔 씨'라고 했던 엄마조차도 결혼 후에는 '병팔이'로만 불렀다. 생모만이 죽는 날까지 '영팔 씨'라고 불러주었다. 그래서 나에게 줄 마지막 유산의 비밀번호를 자신의 본명으로 정한 게 분명했다.

나는 아버지 이름을 소리 내어 불러보았다. '공영팔이'. 그래, '0082'가 틀림없어. 자신감이 생긴 나는 비밀번호를 꾹꾹 눌렀다. 그러자 찾을 금액을 입력하라는 메시지가 나왔다. 너무 기뻐서 내가 울고 있었다는 사실도 잊은 채 크게 웃고 말았다. 주위 시선이 일제히 나에게 집중되었다. 개의치 않고 전액버튼을 눌렀다. 그러자 아버지가 내게 남겨준 위대한 유산이 쏟아져 나왔다. 나는 유산을 주머니에 쑤셔 넣고 진짜 울기 위해 다리를 쩔뚝이며 엘리베이터를 향해 뛰어갔다.

(끝 / 2013년 김유정 신인문학상 수상작)

작품에 대해

「위대한 유산」은 대단한 가독성과 흡인력을 가진 소설이다. 능청스럽고 유머러스한 문장으로 딴청을 피우면서 가족의 의미, 사랑이라는 주제를 부각시킨다. 죽음으로 가는 아버지를 바라보는 가족들 각자의 속내와 태도들에서 드러나는 지금의 가정풍속도에 쓰디쓴 웃음으로 돌아보게 하지만 종내 따뜻한 감동이라는 독후감을 선사한다.

(2013년 김유정 신인문학상 심사평에서)

아버지가 췌장암에 걸렸다. 혼수상태에 빠진 아버지를 돌보기 위해 낮에는 엄마가 밤에는 형과 내가 번갈아가며 병실을 지켰다.

조용한 새벽, 병상에 누워 있는 아버지를 보며 병실 풍경을 스케치했다. 아버지 손가락 끝을 물고 있는 녹색 집게, 파란 글자와 붉은 글자가 번갈아가며 빛을 내는 작은 모니터, 링거병에서 똑똑 떨어지는 맑은 수액, 하얀 수증기를 뿜어대는 가습기, 앙상한 철제 침대. 차가운 알코올 냄새를 맡으며 아버지와의 추억도 적어보았다.

아버지는 계속 혼수상태였고 나는 계속 새벽 시간을 누릴 수 있었다. 노트에는 아버지와의 추억이 차곡차곡 쌓여갔다.

고요한 새벽, 휴게실에서 뽑은 믹스커피를 홀짝이며 노트를 들여다봤다. 아버지와의 추억에 상상을 불어넣어 현실과의 경계를 모호하게 만들었다. 가상의 인물들이 하나둘 아버지 곁에 모여들었다. 나는 연출가가 되어 인물들에게 배역을 주고 무대 위에 배치했다. 그리고 나만의 연극을 시작했다.

　아버지가 돌아가셨을 때 내 창작노트에는 초고 한 편이 완성됐다. 아버지가 나에게 남긴 '위대한 유산'이다.

　이 작품은 가수 겸 배우 장근석이 2016년에 연출한 첫 단편영화 「위대한 유산」의 원작이기도 하다.

눈물은
오래전에
말라버렸다

*

그는 어둠 속에서 다가오는 두 개의 불빛을 주시했다. 산 중턱에 올라선 불빛이 정지한 채 꼼짝하지 않았다. 시계를 보았다. 5분 안에 신호를 주지 않으면 차는 언덕을 내려가 어둠 속으로 사라질 것이다. 정확히 3분이 흐른 뒤 랜턴 스위치를 길게 두 번 눌러 신호를 보냈다. 불빛이 움직이는 걸 보고 그는 공터로 걸어 나갔다.

잠시 후 승용차가 서서히 다가오더니 그의 발 앞에서 멈췄다. 승용차가 전조등을 끄자 주위가 깜깜해졌다. 그는 랜턴을 켜고 차량 번호판을 비췄다. 번호판이 청색 테이프로 가려져 있다. 최소한의 시야 확보를 위해 랜턴을 승용차 보닛 위에 올려놓았다. 양쪽 차 문이 동시에 열리며 사내 둘이 내렸다. 운전석에서 내린 사내가 그를 향해 가볍게 목례를 했다. 그도 고개를 끄덕이며 사내에게 눈길을 주었다.

살인을 저지른 자는 고의든 사고든 충격 때문에 운전대를 잡기 어려웠다. 운전은 주로 해결사가 했다. 이런 일을 하는 자는 대개 눈빛이 날카로웠다. 하지만 이자는 달랐다. 담담한 눈빛으로 그의 시선을 받았다. 오랜 경험을 가진 자에게서만 풍길 수 있는 여유다. 침착하다는 건 이런 일을 하는 데 큰 장점이다.

그는 조수석에서 내린 사내에게 시선을 돌렸다. 대부분 살인자는 안절부절못하고 쉴 새 없이 주위를 둘러보며 불안감을 감추지 못했다. 개중에는 물건을 건네는 도중 다리가 풀려 그대로 주저앉는 자도 있었다. 그러나 이 사내 또한 침착했다.

"물건은?"

그가 운전석에서 내린 사내에게 물었다. 사내가 트렁크에서 블랙빅백을 꺼내 그에게 건넸다. 생각보다 물건이 가벼웠다. 코끝에 신경을 집중했다. 다행히 피 냄새가 나지 않았다. 피 묻은 시체는 손이 많이 갔다.

그가 고개를 끄떡이자 운전석의 사내가 주머니에서 봉투를 꺼냈다. 봉투를 건네는 사내의 손등이 거칠고 투박하다. 손가락 마디마다 못이 박여 있다. 사고당한 시체를 처리하러 온 자가 아니었다. 전문적인 청부업자. 이 정도 사내들을 고용할 수 있는 자라면 상당한 거물일 것이다. 그는 사내가 준 봉투를 받고 두께를 가늠해보았다.

"그럼."

그가 봉투를 집어넣자 사내들은 곧바로 차를 타고 어둠 속으로 사라졌다. 미등이 어둠 속으로 완전히 사라질 때까지 그는 꼼짝하지 않았다. 차가 완전히 사라진 다음에야 자신의 차를 세워둔 뒤편을 향해 걸어갔다. 이런 일은 조심이 최우선이다. 덕분에 십 년째 아무 탈 없이 청소부 생활을 하고 있다. 지난 십 년 동안 그가 맡은 시체가 밖으로 노출된 적은 한 번도 없었다.

　작업장은 산길을 따라 한 시간쯤 가야 했다. 갈참나무를 찾아다니다 낡은 움막을 발견했다. 움집을 헐고 하우스 뼈대에 보온 덮개를 얹어 창고를 만들었다. 입구에 사유지를 알리는 푯말을 걸어놓자 아무도 들어오지 않았다.

　차를 마당에 세우고 안으로 들어갔다. 서른 평 남짓한 창고에는 참나무 토막이 가지런히 배열되어 있다. 참나무에는 표고버섯 종균을 접종해놓았다. 이제 배양이 되기만 기다리면 된다. 나무가 건조하지 않도록 물을 뿌려주어야 했기 때문에 그가 드나드는 걸 의심하는 사람은 없었다.

　창고 한쪽에는 원목으로 만든 커다란 탁자가 있다. 그는 탁자 위에 가방을 올렸다. 가방을 열자 카키색 담요가 보였다. 담요를 걷어내자 시체가 나왔다. 예상대로 여자아이였다. 가방이 좁은 탓에 가느다란 다리가 모로 굽혀져 있었다. 그 바람에 감색 스커트가 허벅지까지 말려 올라왔다. 스커트를 내려 맨살을 가려주었다.

　그는 라텍스 장갑을 끼고 작업을 시작했다. 아이의 얼굴이 천장을 향하도록 몸을 반듯이 눕혔다. 손을 하체로 가져갔다. 나이키 로고가 새겨진 하얀 운동화를 벗기자 분홍색 줄이 새겨진 발목양말이 나왔다. 앙증맞게 생긴 양말을 조심스럽게 벗겨냈다. 그의 손바닥 안에 들어갈 정도로 작고 하얀 발이 나타났다.

　손을 상체로 옮겼다. 오른쪽 약지 손가락을 잡고 큐빅이 박힌 반지를 빼냈다. 왼쪽 가슴에서 '장미'라고 새겨진 회색 플라스틱 명찰도 떼어냈다. 머리카락 사이에서 나비 모양의 노란 핀을 찾아냈다. 갑자기 생각난 듯 그는 아이의 귀밑에 손가락을 넣어 머리카락을 위로 들추었다. 귓불에는 아무것도 없었다. 남한에서는 어린 학생이라도 귀를 뚫고 귀고리를 했다. 심지어 남자들도 귀고리를 하고 다녔다.

　그가 북한에 있을 때는 상상도 못 할 일이었다. 손에 든 명찰과 머리핀을 비닐 봉투에 넣어 신발 옆에 내려놓았다. 이제 옷을 제거할 차례다. 아이의 밤색 재킷을 벗겼다. 하얀색 블라우스는 눈처럼 깨끗했다. 재킷과 스커트가 모두 새것이다. 삼월이면 새 학년이 시작된다. 아이는 새 교복을 입자마자 죽음을 맞이했다.

　블라우스의 단추를 풀자 흰색 바탕에 핑크빛 하트가 프린트된 브라가 보였다. 아이의 어깨 뒤로 손을 집어넣고 잠겨 있던 핀을 풀었다. 작은 젖가슴과 연한 아몬드 색깔의 유두가 드러났다. 상의 탈의가 끝나자 하체로 손을 옮겼다. 스커트를 무릎 아래로 내리자 한 손에 잡힐 만큼 가느다란 다리가 나왔다. 분홍색 속옷을 벗기자 아이가 알몸이 되었다. 작은 젖가슴과 연한 갈색 치모가 아이의 연령을 짐작케 했다.

그는 아이의 어깨에 손을 집어넣을 때 목이 달랑거렸던 게 생각났다. 아이의 얼굴을 옆으로 돌리고 경추 부분을 주의 깊게 살폈다. 경추가 말 그대로 똑 부러져 있었다. 그는 이 기술을 알고 있었다. 상대방의 몸을 타고 앉아 등 한가운데를 무릎으로 세게 누르고, 한 손으로 뒤통수에 잡고 다른 손으로 턱을 잡아 무게를 실어 확 젖혀야만 한다. 맨손으로 사람의 목을 부러뜨리는 일은 영화에서처럼 쉬운 일이 아니다. 아이의 손톱 밑을 살폈다. 미세한 혈흔조차 없다. 반항할 틈도 없이 순식간에 이루어졌다는 증거다. 훈련을 받은 자의 솜씨다.

그는 기관의 물건이 아닐까 생각했다. 두 사내에게서 프로의 냄새가 났다. 충분히 개연성이 있었다. 하지만 곽은 기관과 인연을 끊은 지 오래다. 기관에서 보낸 자라면 그에게 돈을 건네지도 않았을 것이다. 잠시 갸웃했던 그는 생각을 접기로 했다. 그가 할 일은 시체를 처리하는 일이지 이면의 사연을 뒤지는 일이 아니다.

탁자 밑 박스에서 알코올과 탈지면을 꺼냈다. 눈물로 얼룩진 자국을 말끔히 닦아내자 앳된 얼굴이 나타났다. 연약한 어깨를 시작으로 아이의 상체를 닦기 시작했다. 곳곳에 작은 상처가 보였다. 갈비뼈와 아랫배를 정성껏 문지르고 밑으로 내려갔다. 무릎에 난 상처에 알코올을 듬뿍 묻혔다. 상처는 선홍빛 속살이 보일 정도로 벌어져 있었다. 그는 바늘을 꺼내 상처를 봉합했다. 아이의 전면이 깨끗해졌다.

아이를 조심스럽게 안아 뒤집었다. 앙상한 아이의 견갑골이 드러났다. 뼈만 남은 등판을 구석구석 닦았다. 남한 아이들은 발육이 좋아 중학생만 돼도 어른 체형을 갖추었다. 그러나 이 아이는 그러지 못했다. 빈약한 엉덩이와 가느다란 허벅지는 평양 외곽을 떠돌던 굶주린 아이들을 생각나게 했다.

그가 남한으로 넘어오던 해는 유난히 기근이 심했다. 임신한 그의 아내도 배급이 모자라 하루 두 끼를 겨우 먹었다. 리가 가끔 갖다주는 밀가루 덕에 그런대로 버틸 수 있었다. 리는 빌어먹을 세상이라고 자주 중얼거렸다.

작업이 끝나자 발밑에 탈지면이 수북이 쌓였다. 탁자 모서리에 기대어 차갑게 경직된 아이를 바라보았다. 아이는 잠을 자듯 편안히 눈을 감고 있었다. 작은 이마는 요철 하나 없이 반듯했다. 눈초리가 살짝 밑으로 처지고 콧등이 고른 게 순한 인상이다. 볼에 살이 붙는다면 훨씬 보기 좋을 거란 생각이 들었다. 자신도 모르게 아이의 볼에 손을 댔다. 차가운 볼살의 느낌이 손끝에 전해졌다. 이 아이는 재벌이나 권력자의 숨겨진 딸일지도 몰랐다. 남한에서라면 충분히 가능한 일이다.

이번 일이 마지막이 되길 바랐다. 가족이 들어오면 더는 이런 일을 하고 싶지 않았다. 곽은 아내가 딸을 낳았다고 했다. 지금쯤이면 이 아이처럼 학생이 되었을 것이다. 보름 전 곽에게서 전화가 왔다. 곽이 직접 전화하는 일은 드물었다.

"국경을 무사히 넘어왔다는 연락이 왔네. 지금 중국에 있는 정보원이 데리고 있다고 하네."

곽이 떨리는 목소리로 말했다.

"가겠습네다. 내래 당장 중국으로 가겠습네다."

그 또한 곽만큼 떨리는 목소리로 말했다. 그의 심장이 오랜만에 요동쳤다.

"가만있어, 섣불리 움직이지 마. 단체들이 탈북자에 대해 공개적으로 떠드는 바람에 많은 사람이 위험에 빠져 있어. 당분간 숨을 죽이고 있는 게 좋아. 내가 알아서 할 테니까, 자네는 물건 하나 처리하고 기다리게. 메시지를 남기겠네."

곽은 연일 떠들고 있는 인권문제가 잠잠해질 때까지 기다리라고 했다. 때가 되면 중국 공안과 거래해서 한국으로 데려오겠다고 했다. 그 후 지금까지 아무 소식이 없었다. 하루하루가 지날 때마다 피가 말랐지만 기다리는 수밖에 달리 방법이 없었다.

탁자 뒤편에 세워놓은 널빤지 중에서 아이 키에 맞는 판자가 있는지 찾아보았다. 어른 키에 맞춰 제작한 거라 작은 판자가 쉽게 눈에 띄지 않았다. 결국 아이보다 큰 널빤지를 탁자 위에 올렸다. 아이를 누이고 양 손가락을 끼워 배 위에 얹었다. 자세가 잡히자 삼베로 발목부터 머리끝까지 꼼꼼히 싸맸다. 마지막으로 널빤지와 염을 한 시체가 떨어지지 않도록 삼베 끈으로 전체를 동여맸다.

특수부대 요원이었던 그는 시체를 많이 접했다. 그래서 시체를 대하더라도 불편함이나 두려움이 없었다. 처음에는 물건이 오면 대충 옷만 벗기고 광목으로 둘둘 말아 처리했다. 어느 날 온몸에 화상 자국이 난 시체를 받았다. 그는 동료였던 남자를 전기로 고문한 적이 있었다. 남자는 러시아 유학생 출신 장교들이 주축이 되어 모의한 반역에 가담했다는 혐의로 체포됐다. 당에서는 그에게 자백을 받아내게 했다. 그는 이틀 동안 남자를 구리선으로 지져댔다. 그래서 시체에 난 상처가 무슨 상처인지 금방 알았다.

시체를 처리하는 내내 마음이 불편했다. 그 후 인터넷으로 염하는 방법을 찾아보고 오동나무 판과 질 좋은 삼베를 구입했다. 칼에 찔리거나 내장이 터진 시체가 들어오면 바늘로 꿰매서 온전한 모습으로 만들어주려고 애썼다.

처음 기관에서 물건을 보내왔을 때는 시체만 봐도 무슨 이유로 죽었는지 짐작이 갔다. 그러나 의뢰인이 민간인으로 바뀐 다음부터는 이유를 짐작하기가 어려웠다. 곽의 말대로 남한에는 자신의 지저분한 일을 처리해주길 바라는 사람이 많았다. 곽은 기관에서 나오고 난 뒤에도 물건을 계속 소개했다. 대기업의 비서실이나 뒷골목의 해결사들이 곽을 통해 그를 찾아왔다. 그는 이유를 불문하고 시체를 처리했다. 아내와 딸을 한국으로 데려오려면 많은 돈이 필요했다.

*

갈라진 창문 틈으로 부윰한 빛이 새어 들어왔다. 일을 마친 그는 주변 정리를 시작했다. 옷가지와 바닥에 떨어진 솜뭉치를 종이가방에 넣어 밖으로 나왔다. 뒷좌석에 수습한 시체와 가방을 밀어 넣고 차에 올랐다.

길은 비포장이라 팬 곳이 많았다. 그런 곳을 지나칠 때마다 차가 심하게 요동쳤다. 시체가 훼손되지 않도록 최대한 조심하며 차를 몰았다. 비포장길을 빠져나오자 창문을 열고 속력을 올렸다.

삼십 분 정도 달려 가마터에 도착했다. 이른 새벽이라 가마터는 인기척 하나 없이 조용했다. 그는 자신의 가마 앞에 차를 세웠다. 가마 앞에는 갈참나무가 가득 쌓여 있었다. 잎이 다 떨어진 겨울 참나무는 영양분을 가득 머금었다. 게다가 단단해서 숯을 만들기에는 최고였다.

주변에 아무도 없는지 다시 한번 살피고 시체를 꺼냈다. 작업 전이라 가마 안은 텅 비어 있었다. 가마 입구 바로 옆에 어른 하나가 들어갈 만한 홈을 파놓았다. 그 안에 시체와 종이가방을 밀어 넣었다.

일이 마무리되자 잠이 쏟아졌다. 그러나 아직 잠을 잘 수 없다. 불을 넣기까지는 참아야 한다. 샘터에서 찬물로 세수하고 가마터 끝에 있는 자신의 막사로 갔다. 가마터로 들어오는 초입에 보온 덮개를 씌운 공동막사가 있었다. 그러나 그는 한 번도 거기에 기거한 적이 없었다. 처음 여기 왔을 때에는 텐트에서 혼자 지냈다. 곽은 오래 있으려면 불편하다고 조립식 패널로 개인 막사를 지을 수 있게 사장에게 허락을 받아줬다.

수건으로 얼굴을 닦고 라면을 끓였다. 오늘은 아침부터 나무작업이 있었다. 허기진 배로는 그 힘든 작업을 할 수 없었다. 밥통에 남아 있는 찬밥을 가져다 국물에 말아 한 그릇을 거뜬히 비워냈다. 밖에서 털털거리는 소리가 났다. 읍내에서 일꾼들을 출근시키는 승합차의 낡은 엔진소리였다.

일꾼들은 나뭇등걸에 앉아 담배를 피우거나 잡담을 하고 있다. 그들은 시간이 될 때까지 일을 시작하는 법이 없다. 그는 제일 구석에 있는 자신의 가마로 가서 혼자 작업을 시작했다. 덕구 씨로부터 이 가마를 물려받았다. 덕구 씨는 커다란 불티가 눈에 들어가는 바람에 한쪽 시력을 잃어 현장에서 은퇴했다. 덕구 씨의 가마는 다른 가마보다 통풍이 잘되고 넓이도 적당했다. 무엇보다 다른 가마와 떨어져 있어 조용히 작업하기 좋았다.

그는 가마 앞에 쌓아놓은 참나무를 안고 가마 안으로 들어갔다. 자신의 키만 한 참나무를 다루는 일은 만만치 않았다. 작업을 수월하게 하려면 가마 안의 세세한 구조를 다 외우고 있어야 한다. 크기가 맞지 않은 나무를 가지고 들어갔다가는 다시 가지고 나오는 수고를 감수해야 한다.

 가마는 안으로 들어갈수록 천장이 낮아졌다. 굵고 작은 참나무부터 차곡차곡 채워 나와야 한다. 오동나무 판이 천장과 맞닿을 높이가 되자 시체가 들어갈 공간을 만들었다. 그리고 판을 가져다 공간에 세웠다. 시체 무게 때문인지 판이 자꾸 앞으로 기울어졌다. 굄목이 필요했다. 가마 입구로 가서 밖을 살폈다. 다행히 근처에 아무도 없었다. 재빨리 굄목 서너 개를 집어 들고 가마 안으로 들어왔다. 밑에 굄목을 받치고 판을 고정시켰다.

 "벌써 일을 시작한 거야. 사람 부지런하기는."
 장이 더러운 수건으로 얼굴을 닦으며 가마 안으로 들어섰다. 그는 급히 장을 가로막았다. 아침 햇살이 가마 입구에 닿아 있었다. 조금만 유심히 본다면 삼베에 싸인 오동나무 판을 구별할 수 있었다. 그는 장의 어깨를 밀어 밖으로 내보냈다.

 "이 사람이, 뭐가 급하다고 그래. 딴 사람들은 이제 일을 시작했는데. 이러니 덕구 씨가 자네만 좋아하지."
 장은 밀려 나가면서도 입을 다물지 않았다. 장은 보름 전 이곳에 왔다. 일손이 모자라 몸만 성하면 누구든 받아줬다. 그러다 보니 뜨내기가 많이 오고 갔다. 대부분 만만하게 보고 덤벼들었다가 이삼 일 만에 도망갔다.

서울에서 신발 장사를 했다는 장은 몸이 차돌처럼 단단했다. 요령이 없어 힘들어했지만 그런대로 잘 버티고 있었다. 게다가 넉살도 좋아 사람들과도 금세 친해졌다. 아무에게나 이물 없이 말을 붙이고 농을 던졌다. 장사를 해서 그런지 성격이 여간 싹싹한 게 아니었다.

밖으로 떠밀려 나온 장은 자기 가마로 갈 생각을 하지 않고 통나무에 걸터앉았다. 그는 장처럼 허풍이 심하고 약삭빠른 인간을 좋아하지 않는다. 장은 일하는 시간보다 수다 떠는 시간이 더 많았다. 일을 제대로 배우려 하지도 않았다. 장의 가마에서는 재가 많이 나왔다. 가마 안을 성글게 채우면 공기가 많이 들어가 숯보다 재가 더 많이 나온다. 아무리 초보라지만 그가 한겨울 동안 힘들게 벌목한 나무를 너무 쉽게 태워버렸다.

"어제 했던 얘긴데 한 달만 융통해주면 안 될까?"
나무를 고르는 그에게 장이 말을 건넸다. 그는 쳐다보지도 않았다. 그가 상대하지 않자 장은 자리에서 일어섰다. 자신의 가마로 가면서 마당에 놓인 굄목을 서너 개 슬쩍 집어 들었다. 도끼로 몇 번 내리치면 쉽게 만들 수 있는 굄목을 장은 여기저기 돌아다니며 가져갔다. 저런 잔머리로는 여기서 오래 버티기 힘들었다. 서울에 부양할 가족이 없었다면 진작 떠났을 위인이다. 그는 장의 뒷모습을 보면서 바닥에 침을 뱉었다.

한낮이 되어서야 나무 작업이 마무리됐다. 가마 입구까지 나무가 꽉 찼다. 숨구멍만 남기고 입구를 황토 반죽으로 완전히 막아버렸다. 이제 불만 붙이면 된다. 다른 가마들은 아직 작업이 한창이었다. 옆 가마에서 장이 땀을 뻘뻘 흘리며 나무와 씨름하고 있었다. 몸은 좋지만 키가 작아 자신보다 큰 통나무를 다루는 걸 버거워했다. 힘보다는 요령이 필요한 작업이다. 적어도 일 년은 고생을 해야 요령이 생긴다. 진도를 맞추어야 했기에 그는 나무 몇 개를 들어 장의 가마 입구에 던져주었다.

*

저녁 늦게 장이 막사로 찾아왔다. 안으로 들어오려 했지만 그가 문 앞에 버티고 서서 비켜주지 않았다. 그는 장이 찾아온 이유를 알고 있었다.

"김 형, 딱 한 달만 쓸게. 애가 집을 나가서 그래. 아무래도 내가 올라가봐야 할 것 같아. 월급 타면 갚을 테니까 어떻게 안 될까?"

얼마 전에는 노모가 아프다는 이유로 돈을 빌리러 다녔다. 여기저기서 돈을 빌린 다음 조용히 사라지는 놈들을 여러 번 봤다. 아무리 사정해도 장에게 빌려줄 돈은 없었다. 그가 돈을 모으는 이유는 가족을 위해서다. 장 같은 놈에게 빌려주려고 모으는 게 아니었다. 그는 장의 얼굴을 물끄러미 쳐다만 봤다.

"시팔, 빨갱이 새끼 주제에."

장이 돌아서며 혼잣말처럼 중얼거렸다. 빨갱이라, 그가 처음 여기에 왔을 때 자주 듣던 말이다. 탈북자라고 만만하게 생각했는지 술에 취하면 집적대는 놈들이 많았다. 자신들과 어울리지 않는다는 이유만으로 그에게 시비를 걸어왔다. 두어 놈을 잡아채고 나서야 그런 놈들이 없어졌다.

그에 대해 어떻게 들었는지 모르지만 그는 탈북자가 아니라 정치 망명자였다. 십오 년 전 리의 수행원으로 헝가리를 방문했다. 세미나와 연회를 마치고 호텔로 돌아가는 도중 부다페스트 안드라시 사거리에서 리가 속이 불편하다며 차를 세우라고 했다.

차를 도로 옆에 대는 순간 남자 둘이 안으로 들어왔다. 한 명은 그가 운전하는 앞자리에 다른 한 명은 리의 옆자리에 앉았다. 반사적으로 허리에 손을 가져갔으나 리가 어깨를 짚으며 제지했다. 신호가 바뀌자 사내들이 방향을 지시했다. 두 번째 사거리에서 우회전하라고 했을 때 그는 입술을 깨물었다.

그곳은 보위부 요원들이 24시간 눈을 떼지 않는 감시구역이었다. 커다란 철제 대문이 나타나자 사내들은 안으로 들어가라고 했다. 차가 들어서자마자 철문이 굳게 닫혔다. 한국 대사관에서 리는 그에게 북으로 돌아가도 좋고, 같이 한국으로 망명해도 좋다고 했다. 하룻밤을 꼬박 새우며 고민했다.

오 년 동안 리의 곁에서 비서 겸 경호 업무를 담당했다. 리는 그가 유일하게 존경하는 사람이었다. 리을 따르는 젊은 간부들도 많았다. 가족이 있는 리가 이런 결정을 내리기란 쉽지 않은 일이었다. 리는 인민을 위한 길이라고 했다. 그는 리을 믿기로 했다. 그에게는 리를 지켜야 할 의무가 있었다.

보위부 요원들이 대사관 주변을 둘러쌌다. 창문마다 두꺼운 커튼이 내려졌다. 한 달 동안 대사관에 머물다 오스트리아를 거쳐 한국으로 들어왔다. 중앙당 고위 간부였던 리의 망명은 한국 사회를 한동안 떠들썩하게 했다.

조사가 끝나고 난 뒤에도 기관에서는 그가 리의 곁에 있길 원했다. 리를 살해하려고 암살조가 내려왔다는 첩보가 들어왔다. 사실이라면 그만큼 리를 잘 경호할 사람은 없었다. 북에서 훈련을 받은 그는 특수요원의 행태를 잘 알고 있었다. 리가 암으로 죽기까지 그는 리의 그림자로 살았다. 리가 죽고 나자 기관에는 그를 사회로 내보내려고 했다. 그는 거부했다. 사람을 죽이는 기술만 익힌 그가 남한 사회에서 할 수 있는 일이 아무것도 없었다.

그를 관리하던 곽은 강원도 산골에 있는 가마터로 그를 데려갔다. 당분간 탈북자로 행사하면서 숯 굽는 일을 배우라고 했다. 숯 굽는 일은 매우 고된 작업이었다. 매일 수십 킬로가 넘는 나무들과 씨름해야 했다. 나무와 씨름하느라 온몸이 멍투성이가 됐다. 쓰러지는 나무에 얻어맞아 한쪽 어깨가 탈골되기도 했다. 숯덩이에서 튀는 불꽃으로 양팔에 화상 자국이 새겨졌다.

 오히려 그게 마음 편했다. 북에 있는 아내를 생각하면 편하게 있는 게 더 불편했다. 가마 일에 적응이 되자, 곽이 물건을 가져오기 시작했다. 그는 자연스럽게 기관의 청소부가 되었다. 곽이 그의 가족에 대해 언급한 것은 임신한 여자 시체를 가져왔을 때였다.

 "이번에 북한에 들어간 중국 정보원을 통해 자네 가족에 대해 알아봤네. 철직을 당해 함경북도에 있다는군. 고생이 무척 심한 모양이야. 가족을 데려오려면 돈이 있어야 해. 다행히 돈을 벌 수 있는 방법을 내가 알고 있어. 한국에는 아무도 모르게 뒷골목에서 벌어지는 일들이 많아. 지저분한 일을 처리하고 싶어 하는 놈들이 아주 많이 있다구. 자넨 물건만 처리해주면 돼. 모든 건 내가 알아서 하겠네."

 그때부터 곽의 소개를 받은 자들이 물건을 가져왔다. 그들은 물건과 함께 그에게 봉투를 건넸다. 목돈이 되면 그는 곽에게 송금했다. 중국에 있는 정보원을 북에 보내려면 돈이 필요했다. 대부분 돈이 곽의 호주머니로 들어간다는 사실을 알았지만 내색하지 않았다. 곽은 남한에서 그가 기댈 수 있는 유일한 연줄이었다.

 정권이 바뀌자 곽이 불안해했다. 대대적인 조직 개편이 있을 거라 했다. 많은 사람이 과거의 일로 사직을 강요받고 있다고 했다.
 "대대적인 감사가 진행되고 있어. 부서가 술렁거려. 나도 떠나야 할 거야. 당분간 시골로 내려가서 조용히 있으려고 해. 그래서 말인데 자네 신분도 정리하려고 해. 자네 존재를 아는 사람은 많지 않아 어렵지 않을 거야."

곽은 그를 탈북자로 신분세탁 할 거라고 했다. 곽이 사직서를 내던 날 그를 다시 찾아왔다.

"중국에 있는 정보원이 자네 가족을 데려오려고 국경을 넘어갔어. 얼마나 시간이 걸릴지는 모르겠지만 소식이 오면 바로 알려주겠네. 그리고 좋지 않은 소식이 있어. 정보가 밖으로 새 나가고 있어. 기관의 생리를 모르는 새로운 간부들이 단체에 자료를 넘기고 있어. 이번에 리에 대한 자료도 요구했네. 옛날 같으면 어림없는 일이지만 지금은 단체 입김이 너무 세졌어. 조만간 자료가 밖으로 나갈 거야. 리는 죽었지만 암살조는 떠나지 않고 고정으로 암약하고 있다는 정보가 있네. 리에 대한 정보가 나가면 자네도 위험해질 거야. 계속 조용히 숨어 지내는 게 좋아."

곽은 자신이 기관을 떠나더라도 그와의 관계는 계속 유지될 거라고 했다. 그는 숯을 구우며 곽이 가족에 대한 소식을 가져오기만 기다렸다.

*

숨구멍으로 안을 들여다보자 불꽃이 노랗게 이글거렸다. 가마에서 숯을 꺼낼 때가 됐다. 그는 허리를 펴고 일어서서 부식대를 잡았다. 부식대로 숨구멍 주위를 찔러대자 임시로 막았던 벽돌이 허물어졌다. 그 사이로 불꽃이 튀어나왔다. 생각대로 노란 황금빛이었다.

그는 가마 앞에 쪼그리고 앉아 덕구 씨가 오길 기다렸다. 덕구 씨는 가마에 불을 때기 시작하면 매일 밤 네 시간 간격으로 순찰을 돌았다. 불이 너무 세거나 약하면 참숯이 될 수 없다. 숨구멍으로 슬쩍 들여다보는 것만으로 가마 상태를 알 수 있는 사람은 사십 년 경력의 덕구 씨밖에 없었다.

랜턴을 든 덕구 씨가 옷을 단단히 입고 나타났다. 산속의 삼월은 아직 매서웠다.
"가마 속 불은 잘 살펴봤겠지?"
덕구 씨가 고개를 숙이고 그의 가마 안을 들여다보았다.
"잘 됐구만. 자네는 눈썰미가 좋아. 남들은 평생을 해도 불을 제대로 볼까 말깐데. 이제 박사가 다 됐어."
덕구 씨는 칠십이 다 되었는데도 젊은 사람 못지않게 단단한 몸매를 가지고 있었다. 평생을 가마터에서 살아온 사람답게 우직하고 성실했다.

"그만 들어가 주무시기요, 불은 내래 살필 테니. 어차피 숯을 꺼내려면 밤을 새워야 함네다."
"또 자네 가마만 불을 높인 거야. 숨구멍을 좀 막아놓지 그래. 낮에 남들하고 같이 작업하면 좋잖아. 왜 혼자 고생을 해."

"밤에 혼자 일하는 게 좋습네다."
"자네는 좀 특이해. 여기 사람하고는 좀 다른 데가 있어. 그래, 그럼 다른 가마 불도 좀 살펴줘. 덕분에 한숨 더 자야겠네."

덕구 씨가 랜턴을 흔들며 막사로 돌아갔다. 가마에 불이 붙고 닷새 동안 매일 밤 순찰을 돌다 보면 마지막 날은 힘이 부쳤다. 덕구 씨가 들어가자 그는 작업을 시작했다. 부식대로 안에 있는 시뻘건 나무를 끄집어냈다. 아직은 불붙은 나무 덩이에 불과했다. 닷새 동안 천이백도 가마 안에서 쪄진 나무는 수분이 모두 증발해 십분의 일 크기로 줄어들었다.

나무가 부스러지지 않도록 조심스럽게 긁어냈다. 한창 일에 열중하고 있는데 가마 뒤쪽에서 바스락거리는 소리가 들렸다. 귀에 익은 산짐승 소리와 달랐다. 허리를 펴고 막사 쪽을 보니 검은 그림자가 어른거렸다. 쥐새끼 한 마리가 그의 막사로 기어들고 있었다. 쥐새끼가 막사 안에 들어갈 때까지 조용히 기다렸다. 그림자가 사라지자 꺼내놓은 숯덩이 위에 모밥을 덮어주고 참나무 몽둥이를 들고 일어섰다.

창문 틈에 바싹 다가서서 안을 들여다보았다. 불빛이 방 안을 이리저리 돌아다니고 있었다. 발소리를 죽여 문 앞으로 갔다. 문을 활짝 열고 벽에 있는 스위치를 올렸다. 트렁크를 뒤지던 장이 화들짝 놀라 그를 쳐다봤다.

그가 한밤중에 혼자 작업을 하는 습관은 일꾼 모두가 알고 있었다. 장이 알고 있다고 해도 이상할 게 없었다. 그러나 그 틈을 놓치지 않고 그의 막사에 숨어들어 온 놈은 장이 처음이었다. 그는 성큼성큼 걸어 들어가 장의 멱살을 틀어쥐었다.

"잠깐만, 말로 해. 말로 하자니까."

장이 멱살을 풀려고 그의 손목을 잡았다. 그러나 단단히 거머쥔 그의 손을 풀기란 쉬운 일이 아니었다. 그는 장을 들어 벽을 향해 집어던졌다. 벽에 부딪힌 장이 죽는소리를 냈다.

"어이쿠, 시팔. 빨갱이 새끼가 사람 잡네."

장이 두 손을 내저으며 문 쪽으로 설설 기어갔다. 그는 문 앞을 가로막고 다가오는 장의 얼굴을 향해 발을 날렸다. 장이 얼굴을 감싸며 뒤로 발랑 누워버렸다. 얼굴을 감싼 손가락 사이로 피가 흘렀다. 제대로 맞았다면 이빨 서너 개는 나가야 했다. 보기보다 재빠른 놈이었다. 트렁크로 가서 흐트러진 옷가지를 집어넣고 지퍼를 채웠다. 그사이 장은 문가로 기어가 휴지로 코를 틀어막았다.

"김 형 미안해. 내가 돈이 꼭 필요해서 그래. 애가 집을 나간 지가 오 일이 넘었어. 노인네가 애가 타서 여기저기 찾아봤지만 종적을 알 수가 없다고 하네. 아무래도 내가 올라가봐야 하는데 돈이라도 몇 푼이라도 쥐고 가야잖아. 조금만 융통해줘. 내 서울 갔다 와서 갚을게. 자네 돈 많잖아."

코에 휴지를 쑤셔 박은 장이 능글거리며 말했다. 이런 상황에서 웃음을 만들어내는 장이 신기했다. 남한 종자들은 창피라는 걸 몰랐다. 북이었다면 이런 놈에게는 총알부터 쑤셔 넣었을 것이다. 그가 참나무 몽둥이를 들고 일어서자 장이 잽싸게 밖으로 뛰쳐나갔다. 허둥지둥 도망치는 꼴을 보고 있자니 쓴웃음만 나왔다. 방바닥에 묻은 핏자국을 닦아내고 밖으로 나왔다. 문 앞에 검은색 지갑이 떨어져 있었다. 열어보니 장의 사진이 보였다. 그는 지갑을 장의 가마 앞에 던져버렸다.

새벽이 되어서야 작업이 마무리됐다. 가마에서 꺼낸 숯을 식히려고 공터로 가져갔다. 모밥에 덮인 숯덩이가 식으려면 아직 한참 기다려야 한다. 작업을 마친 그는 막사로 돌아왔다. 대충 씻고 자리에 누웠다. 몸은 피곤했지만 정신은 말짱해서 잠이 오지 않았다.

장의 지갑에서 본 사진 때문이다. 겁먹은 얼굴로 장의 옆에 서 있던 여자아이가 자신이 처리한 아이와 닮았다. 아닐 거라 생각했지만 작업 내내 그의 머릿속에서 떠나지 않았다. 장은 자신의 딸이 중학생이라고 했다. 그가 수습한 아이도 중학교 명찰을 달고 있었다. 집을 나간 지 오 일이 되었다고 했다. 그가 아이를 수습한 날도 오 일 전이다. 아니라고 하기에는 일치하는 게 너무 많았다.

그는 머리를 흔들었다. 요즘 들어 쓸데없는 상상을 너무 많이 했다. 어젯밤에는 아내와 딸이 중국 공안에 잡혀 북송되는 꿈을 꾸었다. 북한 인권문제는 쉽게 수그러들지 않았다. 보수 단체들이 중국 대사관 앞에서 매일 시위를 했다. 중국 공안이 대대적으로 탈북자 색출에 들어갔다는 뉴스가 연일 흘러나왔다.

곽으로부터 아무 소식이 없었다. 곽이 아내와 딸만 데려온다면 어떤 요구도 들어줄 수 있었다. 남은 인생을 여기서 청소부로 살라고 해도 좋았다.

그는 자리에서 일어났다. 아무래도 장의 사진이 마음에 걸렸다. 황토 장판을 걷어내고 바닥에서 나무토막을 뽑아냈다. 그 안에서 오일 전에 받았던 봉투를 꺼냈다.

*

늦게 잠이 든 그는 점심이 돼서야 일어났다. 양치와 세수를 하고 어제 숯을 내놓은 공터로 갔다. 공터에는 덕구 씨가 그의 숯을 살피고 있었다.

"내 자네처럼 숯을 잘 굽는 사람은 처음 보네. 이것 좀 봐. 소리가 제대로 나잖아. 나도 이런 소리는 몇 년 만인지 몰라."

덕구 씨가 아직 뜨거운 기운이 남아 있는 숯덩이를 집어 들고 가볍게 부딪쳤다. 쩡, 쩡 쇳소리가 났다. 잘 구워진 숯일수록 쇳소리가 난다. 이번 숯을 유난히 소리가 맑았다.

"어휴, 무슨 숯이 쇳덩이처럼 쩌렁쩌렁해요."

가방을 메고 나타난 장이 끼어들었다. 서울로 갈 참인지 외출복 차림이었다.

"그래, 서울 가기로 했는가? 며칠이나 있을 건가? 주문이 밀려 손도 모자라는데 빨리 돌아오게."

덕구 씨가 못마땅한 표정을 지었다. 중국산 숯에서 유해 물질이 나온다는 뉴스가 있고 나서 숯 주문이 밀려들어 왔다. 일손이 모자랐다. 장같이 허접한 놈이라도 없는 것보다 나았다.

"죄송합니다. 닷새 안에 해결하고 올 테니까, 한 가마만 건너뛸게요. 이번에 올라가면 이놈의 기집애를 잡아다 다리몽둥이를 뿌러트려 놓아야지. 허구한 날 말썽이니."

"애가 자네 닮아서 성격이 팔팔한가 보네."

"아, 말도 마세요. 죽은 지 엄마를 닮아서 고집이 보통 센 게 아니에요. 할머니 말에는 꿈쩍도 안 해요. 내가 가서 매를 들어야 말을 좀 듣지. 이번에 가면 다시는 가출 같은 건 꿈도 못 꾸게 확실히 매타작을 해버릴라고요."

말은 그리하면서도 장은 싱글벙글 웃고 있었다.

"요즘 애들이 때린다고 말을 듣나, 말로 잘 타일러야지. 근데 나보러 왔는가?"

"아니요. 우리 김 형한테 할 이야기가 있어서."

"그래, 그럼 얘기들 하게. 난 가마나 둘러봐야겠네."

덕구 씨가 자리를 뜨자 장이 가방을 내려놓고 그에게 다가왔다.

어젯밤 장의 지갑을 다시 주워 오 일 전에 받은 돈을 넣고 장에게 돌려주었다. 지갑을 열어본 장의 눈이 휘둥그레졌다. 무언가 말하려 했지만 그가 먼저 돌아섰다.

"김 형 고마우이. 내 월급 타면 꼭 갚을게."

장이 천연덕스럽게 말했다. 커다란 가방을 메고 있는 걸 보니 짐도 다 싼 것 같았다. 장이 다시 돌아올 확률은 거의 없었다.

"그리고 저기 김 형, 부탁이 하나 있는데."

장이 그의 눈치를 살피며 살살거렸다. 참으로 낯짝이 두꺼운 종자였다.

"김 형이 만든 숯 좀 가져가면 안 되겠나. 숯이 사람 몸에 그리 좋다며, 딸내미 방에 걸어두고 아빠가 직접 구운 숯이라고 자랑 좀 하려고. 내가 구운 것은 영 모양이 안 나서 말이야."

장의 손은 벌써 덕구 씨가 두들겼던 백탄에 가 있었다.

"어휴, 숨구멍이 촘촘히 뚫린 것 좀 봐. 김 형 가마는 우리하고 다른가 봐. 똑같은 참나무를 넣었는데 어째 이리 달라. 인신공양이라도 하나 보지."

그는 흠칫 놀라 자신도 모르게 고개를 들었다. 장은 능구렁이 같은 낯짝으로 신문지에 숯을 말고 있었다. 노끈으로 가져가기 좋게 손잡이까지 만든 장이 그의 눈앞에서 숯을 흔들어 보였다.

"자 그럼, 나는 감세. 닷새 후에 보세."

장이 가방은 메고 왼손으로 숯을 집어 들었다. 그리고는 그에게

다가가 오른손을 내밀었다. 그는 내키지 않은 표정으로 손을 잡았다. 묵직한 악력이 느껴졌다. 장의 몸에서 나온 것이라고는 믿기지 않을 정도의 힘이었다. 그는 이맛살을 찌푸리며 장을 쳐다보았다.

"동무, 그럼 살아남기요."

그는 등골이 오싹해지는 걸 느꼈다. 그를 쏘아보는 장의 눈길이 매서웠다. 눈빛에서 살기가 담겨 있었다.

"하, 하, 하."

굳어버린 그의 얼굴을 보고 장은 농담이 먹혔다는 듯 크게 웃어댔다. 그러고는 돌아섰다.

장이 했던 말은 남파 공작원들이 남한으로 내려가기 전 마지막으로 듣는 인사말이었다. 우연의 일치일까? 그는 장의 뒷모습을 지켜보았다. 장의 날카로운 눈빛이 머릿속에서 떠나지 않았다. 예사로운 눈빛이 아니었다. 죽일 듯 매섭게 노려보던 눈빛. 그 눈빛을 중심으로 얼굴을 그려보았다. 굵고 진한 눈썹, 굳게 다문 입술, 각이 진 얼굴. 인민군 모자를 쓰고 있었다. 줄을 세운 군복도 생각났다.

잊고 싶었던 과거의 기억이었다. 피복을 벗긴 구리선으로 흥건히 젖은 가슴을 지져댔다. 살이 타는 냄새가 가득했다. 바깥 유리창에서 지도위원이 팔짱을 끼고 지켜보고 있었다. 그의 동료였던 사내는 모의에 가담한 사실을 끝까지 부인했다. 군인 집안에서 자란 사내는 강한 체력과 정신력을 가지고 있었다. 하지만 사내도 고문에는 오래 버틸 수 없다는 걸 알고 있었다. 사내는 자신의 죽음보다 아내와 어린 딸이 겪을 고초를 더 두려워했다.

그의 친구였던 사내는 자신을 죽여달라고 눈빛으로 애원했다. 그는 사내의 가슴에 찬물을 퍼부었다. 과하게 흥분한 척했다. 군의관의 말을 무시하고 전압을 높였다. 불꽃이 튀고 살이 타는 냄새가 진동했다. 사내의 심장은 한순간에 멈춰버렸다. 지도위원이 돌아가자 그는 구석으로 기어 들어가 한참을 울었다. 사내의 아버지가 지도위원의 사무실로 찾아와 큰소리로 항의했다. 사내는 죽음으로 모든 혐의에서 벗어날 수 있었다. 지도위원은 시체를 가족에게 넘겨주라고 했다.

다음 날 보위부 뒷문에서 소좌 계급장을 단 사내의 형에게 시신을 인계했다. 키가 작은 사내는 동생의 몸에 난 상처를 보았다. 인민군 모자를 쓴 그의 얼굴이 심하게 일그러졌다. 무표정하게 서 있는 그를 향해 분노를 내뿜었다. 죽일 듯 쏘아보던 날카로운 눈빛. 그 눈빛을 장의 얼굴에 씌워보았다. 얼굴 형태는 달랐지만 눈빛만은 그가 틀림없었다. 리의 암살조가 아직 남한에 있다고 한 곽의 말이 생각났다. 장이 암살조라면 그는 죽었어야 했다. 하지만 장은 웃으면서 떠났다.

그는 급히 막사로 돌아왔다. 구석에 세워놓은 트렁크를 방 한가운데로 가져왔다. 장이 암살조라면 단순히 돈을 훔치려고 그의 트렁크를 열지는 않았을 것이다. 옷을 하나하나 끄집어냈다. 주머니마다 손을 넣어 뒤져보았다. 트렁크가 바닥을 드러냈다. 바닥에 붙은 고무 밴딩 주머니가 불룩했다. 손을 넣자 나무상자가 잡혔다.

처음 보는 물건이다. 아무리 생각해도 자신의 물건이 아니었다. 부비트랩이나 폭탄일지도 모른다는 생각에 상자를 자세히 살펴보았다. 상자는 평범했다. 그는 조심스럽게 상자를 열었다. 안에 사진 한 장이 들어 있었다. 사진을 집어 들었다. 시멘트 바닥에 누워 있는 사내가 보였다. 그의 눈이 커졌다. 곽이 알몸으로 시멘트 바닥에 뒹굴고 있었다. 상반신은 붉은 상처가 가득했다. 굵은 손이 곽의 목을 움켜쥐고 있었다.

사진 아래에 찍힌 날짜를 확인했다. 보름 전에 곽과 마지막으로 통화한 날짜였다. 그는 자리에서 일어나 창가로 가서 주위를 살폈다. 오랫동안 이곳에서 지내다 보니 감각이 무뎌졌다. 위험이 코앞에 다가올 때까지 아무것도 눈치채지 못했다. 밖은 일꾼들이 떠드는 소리로 떠들썩했다. 작업을 끝낸 일꾼들이 새로 구운 숯을 가지고 삼겹살을 굽고 있었다. 한 가마가 끝날 때면 으레 벌어지는 회식이었다.

그는 바닥에 주저앉았다. 곽의 목을 죄고 있는 손을 유심히 살폈다. 마디에 박인 굳은살은 운전석에 있던 사내의 손이 틀림없었다. 그들이 곽을 납치해 무참히 죽였다. 그러나 자신을 죽이지 않고 떠난 이유를 알 수 없었다.

그는 상자 안을 다시 살펴보았다. 바닥에 딱 붙어 있는 인화지가 보였다. 손가락으로 떼려 했지만 잘 되지 않았다. 인화지 모퉁이에 약간의 틈이 보였다. 그는 그 틈새로 손톱을 집어넣어 당겨보았다. 끈적끈적한 실이 거미줄처럼 따라 올라왔다. 인화지가 벌어지면서 실에서 떨어져 나온 보풀들이 눈처럼 하얗게 날렸다. 인화지를 다 떼어냈을 때 그는 손가락 끝이 보라색으로 변한 걸 보았다. 급히 호흡을 멈추고 점액이 묻은 손가락 끝을 살펴보았다. 손톱 밑이 까맣게 죽어가고 있었다.

바론이었다. 바트라코톡신을 화학적으로 처리해 만든 맹독성 물질이다. 특수 코팅된 투명 비닐에 묻혀 악수를 하거나 목덜미 같은 피부에 접촉해 상대를 암살하는 데 사용한다. 그의 코에서 가는 핏줄기가 흘러내렸다. 혀도 서서히 굳어갔다. 그는 시간이 얼마 남지 않았다는 걸 알았다. 손가락으로 사진에 묻은 점액질을 닦아냈다. 아이의 어깨를 감싸 안은 여자의 형체가 보였다. 자세히 보려고 사진을 눈앞으로 바싹 가져왔다.

사진에 남아 있는 점액 때문에 여자의 얼굴이 선명치 않았다. 손바닥으로 이물질을 완전히 제거하자 여자의 얼굴이 보였다. 머리가 풀려 산발이 된 여자는 겁에 질려 있었다. 한참을 들여다본 후에야 여자가 자신의 아내임을 깨달았다. 아내는 너무 변해 있었다. 애옥살이가 얼마나 힘들었는지 아내의 얼굴만 보고도 충분히 알 수 있었다.

아내의 얼굴을 한참 들여다본 그는 아이에게 묻은 이물질을 제거하기 시작했다. 점액이 밀려나자 아이의 얼굴이 조금씩 보이기 시작했다. 점액질을 모두 지워내자 얼굴이 완전히 드러났다. 순하게 생긴 아이의 얼굴을 보는 순간 그는 숨이 멎는 느낌을 받았다. 목울대를 막아버린 숨을 가까스로 토해내고 아이의 얼굴을 자세히 들여다보았다.

반듯한 이마에 순한 눈매는 차가운 송판 위에 누워 있던 여자아이였다. 검게 변한 손끝을 아이의 얼굴로 가져갔다. 손끝이 야윈 아이의 볼에 닿는 순간 그의 눈에서는 오래전에 말라버린 눈물이 흘러나왔다.

(끝 / 소설문학 2015년 여름호)

작품에 대해

탈북자로 신분이 세탁된 정치망명자의 극적이고 위태로운 삶을 다룬 이 소설은 정치체제와 그것을 유지하는 시스템이 한 인간의 존엄과 자유를 어떻게 망실하고 모독하고 급기야는 훼손하는지를 선이 굵은 서사적 문법으로 군더더기 없이 보여준다.

문장은 정확하고 적실하며, 소설적 구성 역시 치밀하면서도 견고하다. 타살된 사체들을 아무도 모르게 처리하는 일을 하는 북에서 넘어온 정치망명자가 가장 직전에 처리한 여중생의 사체가 사실은 정치적 보복으로 살해된 자기 자신의 딸로 밝혀지는 결미의 설정은 인간의 세계가 가지고 있는 폭력적인 모순을 문학적 진실의 맥락에서 재구성할 때 안온하고 안일한 삶에 어떤 각성과 전율을 안길 수 있는지를 잘 보여준다. 그것이 바로 문학적 상상력이 갖는 부인할 수 없는 위의(威儀)일 것이다.

(소설문학 2015년 여름호 작품 평에서)

황장엽 씨 망명으로 대한민국이 한동안 떠들썩했다. 언론과 방송에서 수많은 기사를 쏟아냈다. 뉴스를 보다 문득 저 정도 인물이라면 경호하는 사람이 같이 오지 않았을까? 하는 생각이 들었다.

만일 그랬다면 그는 무슨 생각을 하고 있을까? 그 또한 한 가족의 가장이고 누구의 아버지였을 텐데…. 많은 생각이 머릿속에서 오갔다. 이 작품을 쓰게 된 동기다.

통일이라는 말을 들으면 머리가 뜨거워지고 가슴이 뭉클해지던 시절이 있었다. 이제는 추상적 단어로만 들린다.

 분단은 현실이다. 머리와 가슴보다는 손과 발이 움직여야 해결되는 문제다. 배고픈 자에게 하나님은 빵의 모습으로 온다고 했다. 거창한 이념 논쟁은 그만하고 서로에게 필요한 것부터 주고받는 실천이 더 필요하지 않을까?

 황장엽 씨 망명은 1997년이고 이 작품을 발표한 시기는 2015년이다. 이 단편집에 실린 작품 대부분이 십여 년 전에 쓴 글이다. 완성했지만 실어주는 문예지가 없어 묵혔다가 고치고, 생각나면 꺼내 보고, 다시 고쳐보고, 그러다 창간된 지 얼마 안 된 『소설문학』에 투고하여 운이 좋게 실린 작품이다.

강철은
어떻게
단련되는가

*

 납, 푸른 연기가 아름답다. 전기인두 끝에서 한 방울, 한 방울 납 방울이 떨어질 때마다 푸른 연기가 눈앞에서 마술처럼 피어난다. 형광등에 반사된 연기는 눈이 아플 정도로 푸른빛을 띠며 우아하게 퍼져나가는가 싶더니 어느새 불빛 속으로 사라진다. 그녀는 그 푸른 연기에서 눈을 떼지 못한 채 바라보고 있다.

 일을 시작한 지 한 달도 안 되었지만, 처녀 적부터 했던 일이라 눈길 한 번 주지 않고도 쉽게 홀을 찾을 수 있다. 노트만 한 회로에서 그녀가 책임지고 있는 센터는 왼쪽 구석 카시오페이아 모양의 다섯 개 구멍이다. 하루 종일 손바닥만 한 이곳을 맴돌고 있으니 이력이 날 만도 하다. 그래서인지 언제부턴가 머리와 눈과 손은 제각기 따로 놀고 있다. 지금도 그녀의 머릿속은 연탄불에 가 있다. 어젯밤 갑자기 기온이 떨어져 연탄보일러를 평소보다 조금 더 열어놓은 게 화근이었다. 아침에 일어나 보니 연탄이 하얗게 재로 변해버렸다.

 '벌써 일이 고된 걸까. 방 안이 이렇게 싸늘해질 때까지 곯아떨어지다니.'
 평소보다 늦게 일어난 그녀는 연탄에 불이 제대로 붙었는지 확인도 못 하고 허둥지둥 집을 나서야만 했다. 밖에서 얼었던 연탄이라 쉽게 불이 붙지 않을 거란 생각이 들자, 조바심이 일었다. 연탄에 불이 붙지 않으면 아이들은 하루 종일 추운 방 안에서 떨어야 한다.

그녀는 작업대 맞은편에 있는 벽시계에 다시 한번 눈길을 준다. 쉬는 시간이 되려면 아직 30분은 더 있어야 한다. 목을 움직이는 척하며 주위를 둘러보았다. 민대가리는 보이지 않았지만 왠지 뒤통수가 근질근질했다.

'썩을 놈.'

남편이 죽고 나서 막막했던 그녀에게 취직자리를 제공해준 것은 고마운 일이지만 처녀 적부터 치근대던 민대가리의 눈빛에는 아직도 소름이 끼쳤다. 가끔 '할 만해요?' 하며 관심을 보이는 목소리에도 몸이 오싹거렸다.

"쩍, 쩍, 쩍."

어디선가 껌을 씹는 소리가 들려온다. 그녀가 옛날 여기에 다닐 적만 하더라도 근무시간에 껌을 씹는다는 것은 상상할 수도 없었다. 독사 같은 민대가리가 단상 위에 올라서서 잡담을 하거나 껌을 씹는 아이가 있으면 가차 없이 불러내 뺨을 갈겨댔다. 지금 생각해보면 참으로 어처구니없는 시절이었다. 근무시간에 옆 친구와 몇 마디 나누었다고 다 큰 처녀의 뺨을 때리다니.

그때는 그랬다. 작업 현장은 사무소의 커다란 유리창을 통해 낱낱이 감시당했다. 민대가리는 작업감독을 한답시고 사무소 앞에 단상까지 설치해놓고 우리들의 일거수일투족을 감시했다. 누구 하나 대들지 못했다. 영세업체가 대부분인 굴포공단에서 전자기판을 만드는 이 회사가 가장 컸다.

게다가 시멘트 블록으로 쌓아 올린 기숙사도 있었다. 여기에 들어오려는 아이들이 줄을 섰다. 시골에서 올라온 아이들이 대부분이라 기숙사는 절대적이었다. 그래서인지 굴포공단에서 노조가 가장 늦게 결성됐다. 노조가 결성되고 회사와 처음으로 벌인 싸움이 껌 씹기였다. 아무리 공순이라지만 껌 씹을 자유조차 없다는 건 너무하다는 누군가의 말에 근무시간에 다 같이 껌을 씹기로 했다. 백 명이 넘는 여공들이 일제히 시간에 맞춰 껌을 씹었다. 조용하던 작업장 안에 껌 씹는 소리가 자글자글 울렸다. 서로들 눈웃음을 나누며 미친 듯이 씹어댔다. 오물거리는 입술이 그렇게 예뻐 보였다. 민대가리는 단상에서 뛰어 내려와 갈가리 날뛰었다. 서울에서 내려온 사장이 통유리 앞에 서서 심각한 얼굴로 작업장을 내려다보았다. 다른 건 몰라도 노조만은 안 된다던 사장은 공장 문을 닫겠다고 했다. 하지만 껌을 씹고 있는 서로의 입을 보고 있는 이상 아무것도 두렵지 않았다.

남편은 그때 만났다. 공단 입구에서 작은 서점을 운영하며 지역운동을 했던 남편은 노조 설립이나, 파업에 대해 많은 것을 알고 있었다. 그녀들은 가끔 남편이 운영하는 서점에 들러 책을 빌리고, 근로기준법이나, 노조에 관한 이야기도 들었다. 그녀들이 어려워할까 봐 이것저것 꺼내 들고 자세히 설명해주는 남편을 바라보고 있노라면 그녀는 가슴이 벅차올랐다. 차근차근 이야기를 풀어가는 남편의 젖은 입술을 보고 있노라면 왠지 눈물이 핑, 돌았다.

그녀는 매일 서점을 드나들었다. 회사 안에 '노동조합' 간판을 달던 날, 드디어 이루어냈다는 성취감에 그녀들은 서점에서 만취가 되었다. 새벽녘에 시멘트 계단참에 앉아서 남편으로부터 사랑의 고백을 들었다.

그때만 생각하면 지금도 가슴이 두근거린다. 만일 그때 남편이 손을 내밀어주지 않았다면 어떻게 됐을까. 어쩌면 징글맞은 민대가리에게 넘어갔을지 모른다. 세상에 피붙이 하나 없이 혼자인 그녀는 지쳐 있었다. 매일 반복되는 공장생활이 지긋지긋했다. 휴일이면 하루 종일 TV 앞에 매달려 있는 생활도 지겨웠다. 변화를 원했지만, 서른이 넘은 그녀에게 변화란 결혼밖에 없었다.

그녀의 외로움을 눈치챈 민대가리는 집요하게 치근댔다. 사장과 먼 친척이 된다는 민대가리는 공장에서 일어나는 모든 일에 간섭했다. 라인감독도, 식당관리도, 심지어 여자기숙사 방도 검사했다. 쉬는 날이면 공장 뒤편에 무허가로 세운 기숙사에 찾아와 방을 검사한다며 거침없이 방문을 열어젖혔다. 방 안에 널린 속옷을 허겁지겁 걷는 그녀를 바라보며 짓던 민대가리의 음탕한 시선은 오랜 시간이 지난 지금도 생각하면 소름이 끼친다. 그 독사 같은 놈이 지금도 어디선가 숨어서 지켜보고 있을 것이다.

"따르릉"
쉬는 시간을 알리는 벨소리가 나자마자, 그녀는 쏜살같이 일어나

화장실로 달려간다. 문을 닫고 변기에 걸터앉자마자 핸드폰을 꺼낸다. 부재중 전화가 다섯 통이나 와 있다. 은재의 투정에 은영이가 걸었을 것이다.

"여보세요."
"엄마, 엄마."
은재의 작은 목소리가 은영의 목소리를 누르고 다급하게 들려온다.
"엄마. 몇 시, 몇 시에 올 거야?"
핸드폰을 빼앗은 은재가 시간부터 물어본다. 전화를 걸면 제일 먼저 튀어나오는 말이다.

은재하고 통화하면 시간이 너무 길어진다. 10분의 짧은 휴식시간에 확인할 게 너무 많다.
"엄마, 눈이 와. 밖에 눈이 아주 많이 왔어. 나가서 놀아도 돼?"
은재는 좀처럼 전화를 넘겨주지 않는다. 이 짧은 통화를 은재가 얼마나 기다리고 있었는지 알지만 시간이 없다.

"은재야, 엄마 일하러 들어가야 되니까. 언니 좀 바꿔줄래?"
"나가 놀아도 돼? 눈이 엄청 많이 와. 눈사람 만들어도 돼?"
"알았어. 알았으니까. 언니 좀 바꿔."
벌써 오 분이 지나갔다. 자신도 모르게 목소리 톤이 높아진다.

"연탄불은 붙었어? 방학 숙제는 좀 했어? 날씨 추우니까 밖에 나가지 마. 눈이 많이 내린다며, 은재가 보채도 밖에는 나가지 마. 알았지? 그냥 집에서 텔레비전 보고 있어. 바닥이 아직 차다고? 이불 개지 말고 그대로 깔고 있어. 연탄이 얼어서 그럴 거야. 조금 있으면 따뜻해질 거야. 은재가 자꾸 나가자고 운다고. 니가 잘 달래. 그래, 엄마 일 끝나면 바로 갈게. 밥 잘 챙겨 먹고. 국은 위험하니까, 가스에 데우지 말고 렌즈에 돌려. 렌즈 돌릴 때 은재 가까이 오지 못하게 하고. 점심시간에 다시 전화할게. 핸드폰으로 게임하지 마. 배터리 나가면 전화 못 하니까."

정신없이 통화를 하고 나니 핸드폰을 잡은 손바닥에 땀이 촉촉이 고였다. 초등학교 2학년인 은영이는 눈치를 많이 보고 자라서인지 나이에 비해 조숙했다. 엄마와 하루 종일 떨어져 있어야 하는 현실을 이해했다. 하지만 여섯 살인 은재까지 보살피기에는 어린 나이였다.

*

식욕이 무섭다. 머릿속은 아이들 걱정으로 가득했지만 음식 냄새를 맡자, 목구멍에서 꼴깍, 침이 넘어간다. 스테인리스 식판에 놓인 밥을 맛있게 떠먹고 있는 자신이 문득 혐오스러워진다. 아이들은 밥이나 제대로 먹고 있을까. 전기밥통에 밥은 충분하지만 제대로 챙겨 먹을 수나 있을까. 공장에 다니고 나서 매일 반복되는 걱정이지만 들어가 보면 아이들은 놀랄 만치 잘 챙겨 먹었다. 냉장고에 있는 묵은 반찬이며 가스레인지 위의 국이며 심지어 찬장을 뒤져 아직 재지 않은 김이며 지들 손가락만 한 마른 멸치까지 잘도 찾아 먹었다. 퇴근 후 돌아가 보면 싱크대 안에는 설거지 그릇이 수북이 그릇이 쌓여 있었다.

"은영이 엄만 아직 젊어서 그런지 식성이 좋네. 식기 가져가서 좀 더 달래. 뭐 어때, 우리끼린데."

식판에 붙은 밥풀까지 깨끗이 긁어먹고 있는 그녀를 보고 누가 말한다. 부끄러워진다. 자신이 밥을 잘 먹는다는 게. 수북이 쌓인 밥을 날름날름 체하지도 않고 잘도 삼키고 있다. 그녀들은 생각할 것이다. 서방 잃은 지 얼마나 됐다고, 염치도 좋게 잘만 처먹는다고. 아직 도토리만 한 애들을 집에 놔두고 혼자서 잘만 처먹는다고.

"저, 저 여시 같은 년 좀 봐. 내일모레면 오십인 년이 같잖게 아양 떠는 것 좀 봐. 나 참 눈꼴시어서."

민대가리가 밥을 먹으러 내려오자 주방 아줌마가 반갑게 맞이하며 인사를 하고 있다.

"뇌 도라마, 저리 해서라도 자리보전해야지. 우짜겠노. 저것도 다 능력이제."

그녀들의 입심은 무섭다. 하루 종일 반복되는 일에 지친 그녀들의 유일한 낙은 수다밖에 없다. 틈이 나면 누구를 잡지 못해 안달이다. 그녀는 식판을 들고 자리에서 일어섰다.

애들과 통화하고도 아직 시간이 많이 남아 있다. 공장은 옛날과 많이 달라졌다. 옛날 같으면 삼십 분에 교댈 해야 했다. 그러나 이젠 꼬박 한 시간을 다 찾아먹었다. 이상한 일이다. 옛날에는 노조도 있었고, 제시간을 찾아먹지 못해 항의하는 아이들도 많았는데도 늘 모자랐고, 부족했다. 그런데 지금은 그녀들이 만들어놓은 노조는 유명무실해졌고, 누구 하나 따지는 사람이 없는데도 점심시간이나 쉬는 시간은 정확히 지켜졌다. 물론 단상 위에 올라가 감시하던 작업반장도 없어졌고 근무시간에 잡담한다고 뺨을 때리는 일은 상상도 못 했다. 우리들이 원했던 것을 모두 찾은 것일까? 임금인상, 작업환경개선, 인격존중. 정말로 많은 것이 바뀌었다. 하지만 무언가 빠진 느낌이 든다. 겉은 단단히 쌓여 있는데 안을 들여다보면 텅 빈 느낌. 무얼까. 그 고갱이가.

그녀는 자판기에서 커피를 뽑아 가지고 공장 뒤편으로 돌아갔다. 예전에 그녀들이 살았던 기숙사는 오래전에 없어지고 그 자리는 잔디가 깔린 화단으로 변했다. 그녀는 햇볕이 잘 드는 화단 모서리에 엉덩이를 걸치고 해바라기를 했다. 지금쯤 밥을 먹었을까. 아이들 생각을 하자 또다시 가슴이 저려온다. 언제까지 이렇게 살아야 되는 걸까. 아직은 겨울 방학이라 은영이가 은재를 돌본다지만 곧 개학이다. 놀이방에라도 보내야 한다. 무허가 판잣집이 몰려 있는 굴포리에는 아이를 맡길 만한 곳이 없다. 하나 있던 놀이방도 내년에 재개발이 들어간다고 하니까 일찌감치 시내 근처로 옮겨갔다.

시골에 있는 시어머니는 남편의 장례식이 끝나자마자 혀를 반쯤 깨물고 누워버렸다. 부탁할 만한 사람이 아무도 없었다. 놀이방이 있는 동네로 이사를 가는 수밖에 없었다. 그러자면 그 돈에 손을 댈 수밖에 없었다. 하지만 남편의 목숨값으로 받은 돈을 쓴다는 게 쉬운 일이 아니었다. 언젠가는 그 돈을 쓸 수밖에 없겠지만, 그래도 남편이 죽은 지 얼마나 됐다고 벌써 그 돈에 손을 댈 욕심을 내다니…. 자신은 정말로 나쁜 년일까. 아니다. 어쨌든 서점은 정리해야 했다. 누구라도 자신과 같은 입장이라면 그 정도 행동은 했을 것이다.

"당신 미쳤어."
사람들을 보낸 남편이 화가 머리끝까지 나서 부엌문을 거칠게 잡아당기며 소리쳤다.
"그래, 미쳤다. 미쳤어. 미치지 않고 어떻게 하겠어?"
그녀는 무릎 사이에 고개를 파묻고 어깨를 심하게 흔들었다. 은재가 아팠다. 온몸에 열꽃을 피며 빨갛게 죽어갔다. 초저녁부터 열이 오르기 시작했지만 가볍게 생각하고 재웠는데, 시간이 갈수록 열이 심해졌다. 남편도 없는데, 그녀는 덜컥, 겁이 났다. 옷을 모두 벗기고 물수건으로 열을 식혀주며 남편이 오기만을 기다렸다.

남편은 이날도 모임에 나갔다. 굴포리가 재개발 지역으로 지정된 후 '도시빈민연합회' 사람들이 찾아오자 남편은 바빠졌다. 굴포리에서 이십 년 가까이 지역운동을 했던 남편은 시대가 변하면서 존재가 희미해져 있었다. 새로운 삶을 고민하던 남편은 '도빈연' 사람들을 만나고 나서 다시 생기를 찾았다.

뻔뻔스런 낯짝들은 가끔씩 그녀 집으로 찾아와서 라면을 끓여 먹고 김치를 퍼 갔다. 도무지 미안한 구석은 찾아볼 수도 없는 그들의 염치없는 행동에 그녀는 진절머리가 났다. 그날도 아이가 열이 내려 겨우 잠들 무렵 남편은 사람들을 데리고 들어왔다. 네 식구가 자기도 빠듯한 방에 그녀와 아이들은 이불과 함께 구석으로 밀리고 술자리가 벌어졌다.

"아이고, 형수님. 나가 이 형님한테 반해서 도저히 그냥 못 가고 이렇게 쳐들어왔서라. 미안스럽지만, 오늘 밤만 실례할라요."
'미친놈, 열두 시가 넘어서. 염치도 모르는 뻔뻔한 자식들.'
찌든 얼굴이며 옹색한 차림새는 지난 삶의 흔적을 보여주고 있었다. 시대가 변하고 세월이 흘렀어도 이들은 무엇 때문에 이토록 남의 일에 집착하는 걸까. 도대체 남편은 이런 사람들한테 무엇을 얻으려는 걸까.

"형수님, 나가 이 바닥에서 십 년을 넘게 생활했지만 성님 같은 분은 첨 봐요. 요로콘 착하시고 존 일도 많이 하시고. 누가 이십 년 넘게 이 뚝방촌에서 지역 운동을 하겠서라. 나가 죽을 때까지 성님으로 모실라요."
'미친놈, 그게 착한 거냐. 등신이지.'
"이번 철거민 대책위가 형님한테 얼마나 신세를 졌는지 아서라? 정말 둘도 없는 분이시라요."
'잘해줬겠지. 남한테는 간이라도 빼 줄 양반이니까. 애새끼가 죽

어가든지 말든지.'
"형수님은 행복하겠서라, 요로콥 존 분을 만났으니."
'이놈의 집구석을 보고도 그런 소리가 나오냐.'
그녀는 아이의 파란 입술을 만지며 속으로 중얼거렸다.
'시팔 놈들아 제발 좀 가라. 여기가 술집이냐. 이 병신아, 뻔한 얘기 고만 좀 하고 사람들 좀 내보내.'

아이는 터무니없이 크게 웃는 저들의 목소리에 움씰, 움씰 놀라면서도 새액새액 깨지 않고 잘 자고 있었다. 아이의 이마에 땀이 맺히는 걸 보고 이불을 조금 걷어 올렸다. 앙상한 갈비뼈 사이로 숨이 힘겹게 오르내리고 있다. 아이의 머리맡에 놓인 수건을 들고 일어섰다.

"뭐 해? 밤늦게 걸레는 왜 빨아. 쓸데없는 짓 그만두고, 여기 앉아서 맥주나 한잔해. 당신 마시라고 이분들이 맥주 사 왔잖아."
팔목을 잡아당기는 바람에 휘청했던 그녀는 남편의 손을 세차게 뿌리쳤다.
"아이고, 형수님 그라지 마시고 제 잔 한잔 받으이소. 이 이필중이가 오늘 형수님께 술 한 잔 따르는 영광…."
"가, 가, 가란 말야."
그녀는 억지로 쥐여주는 맥주잔을 상 위에 집어 던졌다.
"개새끼들아 가, 가란 말이야."
마음속에서 읊조리고 있던 말들이 자신도 모르게 터져 나왔다. 억제할 수 없는 분노가 불길같이 일어났다. 눈앞에 시뻘겋게 타오르는 불길 외에는 아무것도 보이지 않았다. 발에 걸리는 술상을 걷어 차고 주저앉고 말았다.

'이게, 이게 아닌데.'
그녀가 원했던 삶은 이게 아니었다. 그냥 남들만큼 사는 거였다. 남편과 자신이 열심히 일해서 아이들과 그냥 사는 것. 고아원 시절부터 꿈꿔오던 평범한 가정. 별로 어렵지 않게 이루어질 것 같았던 삶이 이렇게 힘들 줄은 몰랐다.

*

시계는 세 시를 막 지나고 있다. 아이들만 놔두고 출근하면서부터 틈만 나면 벽시계를 올려다보는 게 버릇이 됐다. 벌써 수십 번은 올려다봤을 것이다. 주위의 그녀들은 비웃고 있는지 모른다. 그런다고 시간이 빨리 가냐. 진득이 일이나 하지 못하고, 왜 민대가리가 또 왔을까 봐.

뜨끔, 납 방울 하나가 작업대 위를 뜨르륵 굴러 앞치마 위에 떨어진다. 비닐 타는 냄새와 함께 코발트색 앞치마에 검은 구멍이 생긴다. 마음이 심란해진다. 왜 이렇게 쓸데없는 생각만 드는 걸까. 뚫어진 구멍이 제법 크다. 뜨끔했던 부분이 서서히 간지러워진다. 의자를 바짝 당겨 앵글 받침대 사이로 넓적다리를 깊숙이 밀어 넣고 비벼본다. 시원함을 넘어 생각지도 못한 쾌감이 밀려온다. 어금니가 저절로 깨물어진다.

 주위에서 눈치챌까 두려워 입을 꼭 다물고 다리를 모은 채 몸을 뒤로 뺐다. 다리에 몰렸던 힘이 빠지자, 심한 요의가 느껴진다. 분명 일을 시작하기 전에 다녀왔는데. 조금 전에 느꼈던 쾌감이 이뇨기관을 자극한 걸까. 아니면 하루 종일 웅크리고 있어 금방 고이는 걸까. 어쨌거나 삼십 분까진 움직이질 못한다. 그녀가 빠지면 라인 전체가 서버린다.

 "발끝에 힘을 주고 꼿꼿하게 세워봐. 좀 나아질 거야."
 시댁인 벌교로 가는 고속버스 안에서 남편은 이렇게 말했다. 은영이가 배 속에 있던 때라 오래 참기 어려웠지만 어쩔 수 없이 따라나섰다. 일찍 사별하고 홀로 있는 시어머니 때문에 외아들인 남편은 늘 마음이 편치 못했다. 시어머니는 겉으로야 고향이 좋다고 하지만 내심으론 형편만 괜찮다면 아들과 함께 살고 싶어 했다.

 "서방 복 없는 년이 자식 복은 무슨 자식 복. 나는 괜찮은께 느들이나 잘 살어야. 그리고 대학꺼징 나온 놈이 인자 니 앞가림 정도는 해야 쓰지 않컸냐."
 시어머니는 잘 풀리지 못한 남편을 늘 아쉬워했다. 아울러 고아인 자신과 결혼한 것도 탐탁지 않게 생각했다. 남편과 처음 시댁으로 인사하러 내려가던 날 시어머니는 남편을 잡고 속삭였다. '안작 시간이 있쓴께 천천히 생각해야. 니가 뭐가 모잘라서 하필이면….' 끝

말은 듣지 못했지만 무슨 말인지 뻔했다.

 만일 시어머니가 그날 자신의 히스테리를 보았다면 뭐라고 했을까. 아들을 잡아먹은 불여시 같은 년. 근본도 없는 천하의 막돼먹은 년. 그랬을 것이다. 당신 아들의 죽음도 집안도 없는 년과 결혼 탓으로 돌리는 마당이니.

 오줌을 참기 위해 발끝에 힘을 주고 꼿꼿이 세웠다. 남편의 말대로 조금 괜찮아지는 것 같았다

 "책방을 정리해야겠어."
 그 일이 있은 지 얼마 안 있어 남편이 느닷없이 던진 말이다. 대학 졸업 후 이곳에 내려와 이십 년이 넘게 해온 서점을 그만둔다는 것은 남편으로선 삶의 의미를 없애는 것이나 마찬가지였다. 그녀도 차마 못 하고 있던 말을 남편이 하고 있는 것이다.

 "책은 모두 송 관장이 가지고 가기로 했어."
 아무렇지도 않다는 듯 말하는 남편을 보며 그녀는 이루 말할 수 없는 착잡한 기분이 들었다. 그녀가 원했던 평범한 삶으로 돌아가자는 것인데도 기쁘기보다는 가슴이 꽉 막히는 답답함이 앞섰다. 아이들과 자신에게 밀려 어쩔 수 없이 내린 결정이겠지. 과연 남편이 이 일에서 손을 떼고 나면 어떤 모습으로 살아가게 될까. 남편이 서점을 정리하는 동안에도 마음은 어둡기만 했다. 죄인처럼 남편을 지켜

보기만 했다. 언젠가는 정리해야 할 일이야. 단지 시간이 조금 이른 것뿐이야. 이 순간만 지나면 모든 게 잘 될 거야. 미안한 마음에 열심히 책방 정리를 도왔다.

구석에 쌓인 묵은 책을 모두 끄집어내 먼지를 털어냈다. 쓸 만한 책만 따로 골라 성남에서 지역 도서관을 운영하는 송관장에게 기증키로 했다. 남편은 비록 이 일에서 손을 떼지만 책만큼은 자신과 같이 지역 운동을 하는 사람에게 주기를 원했다. 고리타분하고 어려운 사회과학서적이 대부분이라 찾는 사람은 없겠지만 책을 모두 넘겨줌으로써 마음의 짐을 덜려 했다. 책을 한 차 가득 실어 보내고도 꽤 많이 남았다. 그중 일부를 남편이 직접 오토바이로 갖다주기로 했다.

성남까지 오토바이로 가는 것은 무리였지만 그녀는 말리지 않았다. 그렇게 해서라도 마음의 짐을 덜 수 있다면 말릴 이유가 없었다. 남편은 오토바이 뒤에 책을 가득 싣고 떠났다. 그것이 마지막이 되었다. 커브 길에서 책의 무게에 못 이겨 도로변 가드레일을 들이박고 그 자리에서 죽었다.

사고 소식을 들은 그녀는 자신에게 닥친 이 엄청난 사실이 믿기지 않았다. 아니, 믿을 수가 없었다. 아이들을 끌어안고 정신없이 울기만 했다. 그사이 장례식도 화장도 모두 끝나 버렸다. 그 후에도 남편이 죽었다는 사실이 믿겨지지 않아 한동안 멍한 상태로 지내야만 했다.

하지만 그런 시간은 많이 허용되지 않았다. 그녀에겐 두 아이가 있었다. 그녀는 현실을 인정하기 위해 사고 장소를 찾아갔다. 성남으로 가는 시외버스를 타고 복정 사거리에서 내려 41번 국도를 따라 십여 분 걸어가자, 심하게 구겨진 가드레일이 보였다. 그 앞에 아직 지워지지 않은 은색 스프레이 자국이 사고 장소였다는 걸 확인시켜 주었다. 그녀는 가드레일에 잠시 기대어 지나가는 차를 바라보았다. 휙, 휙 바람을 가르며 눈 깜짝할 사이에 시야에서 사라져가는 차를 바라보자니 문득 다행이란 생각이 들었다.

만일 남편이 저 차들과 부딪쳤다면, 모르긴 몰라도 시신조차 온전치 못했을 것이다. 가드레일 너머 무성히 우거진 잡풀 사이로 무언가 보였다. 고개를 빼서 자세히 보니 잡풀 속에 책이 한 권 뒹굴고 있었다. 가드레일을 타고 넘어가 책을 주워들었다. 모서리에 찍힌 빨간 고무인이 남편의 책이라는 걸 증명했다. 표지에 묻은 얼룩을 옷소매로 정성껏 닦아내고 제목을 보았다.

『강철은 어떻게 단련되는가』 -니꼴라이 오스뜨로프스끼-

남편의 마지막 유물이 된 책의 제목대로 그녀는 강철이 되어야 하는 현실을 인정했다. 그녀에겐 두 명의 아이가 있었다. 두 아이를 데리고 살려면 누구보다도 강하게 단련되어야 한다. 그녀는 무거운 현실을 실감하며 아랫입술을 꼭 깨물었다.

가게를 정리한 돈과 남편의 보험금으로 나온 돈이 든 통장을 책갈피에 끼워놓고 장롱 깊숙이 넣어버렸다. 당분간은 그 돈에 개의치 않고 자신의 힘만으로 살아가기로 마음먹었다. 하지만 현실은 만만치 않았다. 아이들 때문에 집 근처에 있는 굴포공단 내에서 일자리를 찾아야만 했다. 그녀에게 돌아오는 일자리라곤 힘에 부치는 중노동이거나, 지독한 약품냄새 때문에 한국 사람이라곤 찾아볼 수 없는 영세업체뿐이었다. 조금 괜찮다 싶은 자리는 젊은 아가씨를 원했다. 공단 입구 게시판에 붙은 구인광고를 보고 또 보아도 마땅한 일자리가 없었다. 시간이 지날수록 마음이 점점 초조해졌다.

어떻게 전화번호를 알았는지 민대가리한테서 연락이 왔다. 직장을 구한다는 소식을 들었다고, 회사에 자리가 있으니 괜찮다면 내일부터라도 출근하라고. 민대가리가 아직 혼자 산다는 사실이 찜찜했다. 자신은 이미 두 아이의 엄마란 사실을 생각하고 불안감을 접었다. 다행히 회사에는 그녀 또래의 아줌마들이 라인 한구석을 채우고 있었다.

"은영 엄마, 조금 전까지 저기서 민대가리가 은영 엄말 한참 동안 쳐다보고 가던데, 한번 눈감아주지 그래."
"그래, 까짓 눈 한번 감아주고 식당으로 내려보내 달라고 해. 나 같음 한 번이 아니라 열 번이라도 감겠네."
"아이구, 정우 아빠 들으면 좋아하겠네. 민대가리도 총각인데, 아무한테나 눈길 주겠어. 은영 엄마 인물 정도 되니까 눈길 주지. 정우 엄만 아무리 눈감아도 식당은커녕 보르방이나 잡게 될걸."

"까르르." 웃는 그녀들에게 그녀와 민대가리는 훌륭한 피로회복제다. 아무리 악의 없는 수다라고 하지만 그런 농담이 오갈 적마다 불쾌했다. 하지만 무심한 척 웃고 말아야 한다. 그녀가 한마디 대꾸하면 그녀들은 벌떼처럼 쏟아댈 것이다. 공장의 모든 살림살이가 민대가리 손을 거쳐 가는 이상 그의 눈에 든다는 것은 대단한 특혜였다.

식당도 그랬다. 툭하면 야근인 라인 일보다야 퇴근 시간이 일정한 식당 일이 아이들을 키우는 그녀들에게 유혹이 아닐 수 없었다. 게다가 큰살림을 하다 보면 가끔 남은 반찬이며 양념 속도 챙길 수 있어 잇속이 한두 가지가 아니었다. 그런 만큼 식당에 내려가려고 벌이는 그녀들의 보이지 않은 암투는 치열했다. 그런 일은 대개 민대가리가 결정하므로 그의 관심은 질투를 유발시킬 수 있는 충분한 이유가 된다. 더구나 자신은 민대가리의 호의로 여기에 나오게 된 게 아닌가. 그녀들이 이 사실을 안다면 어떻게 생각할까. '과부와 노총각.' 한동안 그녀들의 입은 즐거울 것이다.

"따르릉"
쉬는 시간을 알리는 벨이 울리자 오줌을 참느라 발끝에 준 힘이 일시에 빠져나갔다.

*

'저는 야근이 힘들겠는데요.'

그녀는 목구멍까지 올라왔던 말을 쏘옥, 집어넣었다. 일이 끝날 무렵 오늘은 모두 잔업을 해야 한다며 엄살을 떨고 돌아서는 민대가리에게 하려던 말이었다.

"요즘 애들은 뺀질거리기만 하지 야근을 안 하려고 해서 죽겠어요. 옛날처럼 억지로 시킬 수도 없고. 아줌마들이 좀 도와주셔야죠. 빨리 야식 자시고 아홉 시까지만 부탁해요."

단상 위에 올라서서 쩌렁쩌렁 소리를 질러대던 그가 이제는 꽁지 빠진 수탉마냥 맥없이 돌아서는 게 어쩐지 안쓰러워 보였다. 그렇다고 해서 그녀가 민대가리에게 말을 못 한 건 아니었다. 어차피 직장 생활을 계속하려면 야근을 해야 하는데 언제까지 자신만 빠질 수 없었다. 그렇지 않아도 계속 야근을 빠지는 자신을 향해 이러쿵저러쿵 말이 돌고 있다는 걸 알고 있었다.

'그래, 아직 밥통에 밥이 있을 테니, 배고프면 찾아 먹겠지. 애들도 빨리 현실에 적응해야 돼. 아홉 시까지는 괜찮을 거야.'

그녀는 자신을 안심시키기 위해 스스로에게 최면을 걸듯 몇 번이나 '괜찮을 거야'를 되뇌며 식당으로 내려갔다.

야식을 먹고 돌아서는 그녀를 민대가리가 불러 세웠다.

"미안해요. 집에 애들밖에 없는 건 알지만 자꾸 은영 엄마만 빼줄 수가 없어서. 오늘을 작업장에 올라가지 말고 여기 식당만 정리해놓고 여덟 시쯤 알아서 퇴근해요. 내 반장한테 얘기해서 잔업한 걸로 처리해놓을 테니까."

따뜻한 눈길로 이렇게 말하고 돌아서는 민대가리를 바라보자니 그녀는 가슴이 뭉클해졌다. 남편이 죽고 나서 실질적인 도움을 준 사람은 민대가리 이외에는 아무도 없었다. 그 많던 남편의 동료들은 어디론가 사라지고, 원수 같았던 민대가리만 곁에서 도움을 주고 있었다. 이런 걸 아이러니라고 하는 걸까. 그녀는 머리 뒤까지 훤하게 벗어진 민대가리의 뒷모습을 보며 처음으로 고맙다는 생각이 들었다.

식당에서 할 일이라곤 야식 먹은 식판을 닦는 일밖엔 없었다. 반질반질한 스테인리스 식판을 뜨거운 물에 불려 세제로 닦는 일은 식은 죽 먹기였다. 무엇보다도 코를 뚫는 납 냄새에서 벗어난 것을 생각하면 수챗구멍을 후벼내라고 해도 상관없었다. 식판을 닦으며 장롱 속에 통장을 생각해보았다. 지금 사는 집 보증금과 통장의 돈을 합치면 기름보일러가 있는 집으로 이사 갈 수 있었다. 하지만 자신이 편해지자고 그 돈을 쓴다는 게 왠지 남편에게 죄를 짓는 것만 같았다.

휴! 그녀는 무겁게 한숨을 내쉬었다. 설거지를 모두 마치고 주방 구석구석까지 씻어냈지만, 아직 시간이 많이 남았다. 식당의 의자를 모두 들어 올리고 바닥까지 깨끗이 쓸고 나니 얼추 시간이 맞아떨어졌다. 하지만 선뜻 퇴근하기가 뭐해 서성거리던 그녀는 민대가리가 여덟 시쯤 부식이 경비실로 올 거라며 창고에 넣어달라고 했던 말이 생각났다. 지금쯤 경비실에 와 있을 것이다. 그녀는 부리나케 경비실로 달려갔다.

지하에 있는 부식 창고는 상당히 넓었다. 벽 한가운데의 대형 냉장고를 중심으로 한쪽에는 농협 마크가 찍힌 쌀자루가 쌓여 있었고, 다른 편으론 부식이 들어 있는 나무상자가 가지런히 놓여 있었다. 그녀는 가져온 부식을 정리해 상자 안에 집어넣고 있자니, 부자가 된 것처럼 느껴져 흐뭇했다. 이렇게 많은 찬거리를 보니 세 식구 살림은 소꿉장난 같다는 생각이 들었다. 부식을 다 정리하고 마지막으로 비닐봉지에 싼 고깃덩어리를 들고 일어섰다.

'요만큼을 누구 코에 붙이려고 가져온 걸까?'
그녀는 냉장고를 향해 걸어가며 혼잣말처럼 중얼거렸다. 고기를 냉동실 안에 넣고 돌아서는 순간 팍, 하는 소리와 함께 창고 안은 어둠 속에 잠겨버렸다.

'갑자기 웬 정전이람.'
당황한 그녀는 손을 내저으며 더듬더듬 문을 향해 나갔다. 가까스로 몇 발자국 옮기던 그녀는 바로 앞에서 인기척을 느끼고 소스라치게 놀라 그 자리에 주저앉았다. 시커먼 물체가 그녀를 향해 덮쳐왔다. 어둠 속에서 뜨거운 입김이 뿜어져 나왔다. 사내라는 걸 알아채고 밀쳐내려 했으나 사내가 억센 힘으로 눌러왔다.

"누, 누구…."

소리치려는 그녀의 입을 사내가 손으로 틀어막았다.
"쉬! 조용히, 나요. 나, 민 부장…. 제발 좀 가만히…."
손을 뻗자 사내의 반질반질한 머리가 닿았다. 맥이 쭉 빠졌다. 그래 너도, 온몸에 힘이 일시에 빠져나갔다. 손을 내리고 체념한 듯 사내에게 사지를 내맡겼다.

이제는 귀찮았다. 아득바득대며 사는 것도, 목청 돋우며 싸우는 것도. 몸이 위로 들려지는가 싶더니 등 뒤로 부드러운 감촉이 느껴졌다. 그녀를 내리누르던 무게가 없어졌다. 살며시 눈을 뜨고 어둠 속을 살폈다. 허둥대며 옷을 벗는 사내의 움직임이 눈에 잡혔다. 문득 식당으로 내려올 수 있다는 생각이 들자, 자신도 모르게 쓴웃음이 나왔다. 자신은 강철처럼 단련돼야 하지 않는가. 아이들 얼굴이 떠오르다 사라졌다. 연탄불은 붙었겠지.

쌀자루 위에 앉아 있는 그녀 앞에서 민대가리는 엉거주춤 서서 어쩔 줄 몰라 했다.
"내 이럴라고 내려온 게 아니고, 나는 그냥 은영 엄마가 하도 딱해서 고기 사 놓은 것이나 가져 가랠라고 내려왔는데. 정말 이럴라고 내려온 게 아니라…."
"가, 가."
그녀는 더듬거리며 변명하는 민대가리를 향해 나지막이 말했다.
"그래요, 갈게. 하지만 정말 이럴라고 내려온 게 아니라 고기나 가져 가랠라고…."

"가, 가란 말이야. 개새끼야."

"가요. 가."

민대가리는 그녀의 고함에 놀라 어둠 속으로 허둥지둥 뛰어나갔다.

"우당탕"

무엇에 걸려 넘어졌는지 요란한 소리가 들려왔다. 민대가리의 꼬꾸라지는 모습이 그려지자 그녀는 자신도 모르게 픽, 실소가 나왔다.

그래, 내 잘못이 아니야. 그녀의 격한 행동에 분노하는 척했지만 실상 남편은 옳다구나 했을 거야. 남편도 지쳐 있었어. 이젠 지역 운동이니, 사회 운동이니 하는 것보다 자신과 아이들만을 위해 살고 싶었던 거야. 그런 남편과 자신과의 보이지 않는 교감에 따라 남편은 연출을 했고 자신은 연기를 한 거야. 둘은 부부이기 때문에 연극은 감쪽같았어. 누구도 남편을 욕하지 않았어. 그녀가 보인 히스테리에 모두 공감했어. '이제 형님도 애가 둘이니.' 모든 게 잘 될 수 있었어. 단지 운이 없었던 거야. 남편도, 자신도, 애들도. 그건 누구의 잘못도 아니야. 정말 운이 없던 거야.

공단의 거리는 눈으로 덮여 있었다. 지저분한 거리가 두꺼운 눈에 덮여 순백의 세상으로 변했다. 하늘에선 아직도 솜덩이만 한 눈들이 뚝뚝 떨어지고 있었다. 아침에 뚝 떨어졌던 기온도 많이 올랐다. 그녀는 꽁꽁 언 고깃덩어리를 옆구리에 끼고도 추운 줄 몰랐다. '내일 당장 방을 알아보자. 그 돈이면 기름보일러가 있는 제대로 된 방을 얻을 수 있을 거야. 새 학기가 시작되기 전에 놀이방이 있는 동네로 이사를 해야지. 애들 아빠도 그걸 바라고 있을 거야.' 그녀는 하얀 눈 위에 발자국을 새기며 집으로 가는 걸음을 재촉했다.

(끝 / 2000년 공무원 문예대전 장려상)

작품에 대해

나는 흔히 말하는 586세대 끝자락이다. 최루탄이 난무하던 시절 대학을 다녔다. 그 안에 끼어들 만큼 신념도 용기도 없던 나는 그저 관망자였다.

어느 날 내가 살던 부천시 약대동에 지역공동체운동을 하겠다고 사람들이 들어왔다. 도금·로구로·프레스 이런 간판을 단 영세 공장이 많았던 우리 동네는 도시 빈민 근로자들이 모여 살던 열악한 곳이다. 그분들이 벌인 지역운동 중 하나가 공부방이었다. '산돌공부방'처럼 방치된 아이들을 모아 같이 숙제도 하고 놀이도 하고 방과 후 시간을 함께하는 프로그램이다. 나는 이곳에서 자원봉사를 하면서 그분들의 삶을 엿볼 수 있었다.

그때 느꼈던 감정이 존경과 안쓰러움이다. 존경은 자기 삶을 던지고 자신의 신념을 위해 살아가는 모습을 보며 느낀 것이고, 안쓰러움은 경제적 궁핍 속에서 가정과 신념을 지켜내려고 몸부림치는 모습을 보며 느낀 것이다.

그분들과 같은 삶을 살 자신이 없는 나는 눈치를 보다가 취업을 핑계로 빠져나와 다른 내 삶을 살고 있다. 30년 전 이야기다.

내가 이 소설을 쓰려고 마음먹었을 때 가장 먼저 떠오른 것이 그때 감정이다. 존경과 안쓰러움. 나는 후자를 주제로 택했다. 내가 몰랐던 아픔이 그분들에게는 더 있을 거란 생각이 들어서다.

초고를 쓰다 보니 당시 아프고 격했던 현장은 사라지고 후일담처럼 이후의 이야기로 흘러가버렸다. 이념보다는 현실이 더 중요한 것이란 생각이 은연중 스며든 탓일지 모른다. 평범하게 산다는 건 그때나 지금이나 쉬운 일이 아니다.

싸가지와 둘리

*

　J와 팔짱을 끼고 오피스텔을 나서는데 도로 건너편에 선글라스를 낀 여자가 보였다. 많이 본 사람 같다는 느낌이 드는 순간 여자가 선글라스를 벗었다. 아내였다.

　결혼한 지 십 년. 육 년 전 힘겹게 아들 하나를 낳고 의기양양하게 사는 여자. 이제는 완연한 아줌마가 된 내 아내 정옥빈 여사께서 떡하니 서 있었다. 너무 놀라 나도 모르게 입이 쩍 벌어지고 말았다. 아내는 잠시 나를 노려보더니 앞에 세워놓은 차에 올라타고 가버렸다. 그리고 보니 오늘 아침 동창 모임에 간다고 해서 차 열쇠를 건네준 게 기억났다. 그때까지도 나는 J의 팔짱을 끼고 있었다. 황급히 J를 떼어놓고 택시를 잡았다.

　"아저씨 송내동 우성아파트요. 최대한 빨리요."
　아내보다 먼저 도착한다면 '당신 어디 갔다 왔어. 뭐, 하하하. 사람 잘못 본 모양이네. 난 몸이 안 좋아 일찍 들어왔어, 계속 집에 있었다고' 하며 시치미라도 떼볼 작정이다. 거스름돈도 받지 않고 뛰었건만 현관에는 뒤집힌 아내의 구두가 보였다.

　"아빠 돌았어. 왜 이렇게 일찍 왔어?"
　싸가지가 머리 위로 손가락을 뱅뱅 돌리며 나를 반겼다.
　"엄마 들어왔니?"

한 대 쥐어박았으면 좋으련만 지금은 비상사태다. 애와 노닥거릴 시간이 없다.

"왔는데, 그냥 방으로 들어갔어. 나 오늘 유치원에서 둘리축제 갔다 왔다."

싸가지가 페인팅 된 팔뚝을 앞으로 내밀었다. 무시하고 구두를 벗었다.

일단 시치미 작전은 물 건너갔다. 급히 뛰어오느라 숨이 목까지 찼다. 넥타이를 풀어 던지고 식탁 의자에 앉아 사태를 정리했다. 그러니까, 회사에서 나온 시간은 세 시 반쯤. 거래처에 갔다가 바로 퇴근한다고 했지만 그건 거짓말이다.

처음부터 J를 찾아갈 생각이었다. 오피스텔 앞으로 마중 나온 J를 만난 시간은 네 시쯤. 그리고 팔짱을 끼고 J의 오피스텔로 들어가 잠깐, 아내가 나를 미행하고 있었다면 내가 J의 팔짱을 끼고 오피스텔로 들어가는 모습을 어디선가 지켜보고 있었다는 이야기가 된다. 그리고 두 시간 동안 도로변에서 오피스텔을 바라보며 기다렸다는 추론이 가능하다.

휴, 덥다. 아내는 무슨 상상을 하며 있었을까. 아내가 상상만 했길 망정이지 만일 보았다면…. 상상을 말자. 아내는 여자랑 팔짱을 끼고 들어갔던 내가 두 시간 뒤에 다시 팔짱을 끼고 나오는 것을 보았을 뿐이다. 여기에 맹점이 있다. 그사이는 개인적 상상일 뿐이다. 이

허점을 파고들어 아내가 납득할 만한 이유를 찾아야 한다. 몸이 안 좋은 친구 여동생인데, 문병 갔다고 할까. 아니면 단골 술집 마담인데 외상값 갚으러 갔다고 할까. 너 하수냐? 그런 허접한 이유가 통할 거로 생각해.

자, 생각을 가다듬자. 나는 지금 절체절명의 위기에 서 있다. 나를 믿자. 나야말로 세계 초유의 금융위기를 슬기롭게 넘기고 살아남은 정글의 강자가 아니던가. 어려운 상황을 나름의 슬기와 인내와 아부로써 극복하고 회사 안에서 입지를 굳힌 내가 아니던가. 동기 중 절반은 퇴사했지만, 나는 승승장구하며 과장까지 달지 않았던가. 자, 나를 믿고 이 난관을 타개하자. 그러고 보니 이와 유사한 사례가 몇 번 있었다.

제일 큰 위기는 신혼 때였다. 거래처를 접대하느라 코가 삐뚤어지게 마셨고, 짝을 맞춰 이차를 보내고, 나도 옆자리에 있던 파트너랑 위층 모텔로 들어갔다. 하지만 너무 취해 손도 잡아보지 못하고 그대로 곯아떨어지고 말았다. 눈을 떠보니 새벽 6시. 눈앞이 깜깜했다.

신혼 초부터 외박이라니, 아무리 생각해봐도 이건 아니다. 허접지겁 옷을 챙겨 입고 택시를 탔다. 택시 안에서 머리를 쥐어짰다. 솔직히 이야기할까, 접대하다가 밤을 꼴딱 새웠다고. 누구랑. 술집 언니랑. 답이 아니다.

집에 도착할 무렵 머릿속에서 번개처럼 떠오르는 장면이 있었다. 역시 사람은 영화를 많이 봐야 한다. 더 고민할 시간적 여유가 없었다. 치아를 입 안 상피조직으로 옮겼다. 눈을 감고 질끈 씹었다. 뱉어보니 피가 섞여 나왔다. 됐다. 피를 와이셔츠에 묻혔다. 손에도 팔뚝에도. 기사가 룸미러로 힐끔힐끔거렸지만 남의 시선은 문제가 아니다.

피로 위장하고 현관문을 열었다. 독기가 잔뜩 올라 있던 아내의 눈이 풀리면서 휘둥그레졌다. 그래 됐다. 바로 표정 굳히기에 들어갔다. 굳은 얼굴로 이맛살을 찌푸렸다.
"어떻게 된 거야? 무슨 일이야? 자기 괜찮은 거야?"
아내가 맨발로 현관 바닥에 내려섰다.
"괜찮아. 와이셔츠나 내줘. 바로 나가야 해."
최대한 신중하게 단어를 골랐다. 여기서 초 치면 안 된다.

"무슨 일이야. 자기 싸웠어?"
"어제 거래처 접대하느라 술집에 갔다가 옆자리 사람들하고 시비가 붙었는데, 걔 있잖아. 이번에 새로 들어온 신삥. 그 자식이 방방 뜨는 거야. 옆자리 놈들도 보통이 아니더라구. 신삥이 맥주잔을 집어던지는 바람에 크게 한판 붙었어. 나는 말리다가."
영화 장면을 상기해가며 사건을 급조했다. 오면서 잠깐이나마 시나리오를 구상해놓은 덕에 그리 어렵지 않았다.

"결국, 경찰서까지 끌려갔다가 지금 풀려났어. 신삥이 맥주병으로

상대 머리를 내리치는 바람에 일이 시끄러워졌어. 다행히 나는 풀려
났지만, 신빙이 문제야. 회사 모르게 처리하려니 좀 복잡할 것 같아.
돈도 좀 들 것 같고."
 비자금 마련할 방법까지 떠올랐다. 이런 걸 금상첨화라 하는 걸
까. 술술 나오는 스토리에 나도 감탄할 지경이었다.
 "아니, 밥은 됐어. 샤워만 하고 바로 나가야 하니까, 옷이나 꺼내줘."
 아내는 문밖까지 쫓아 나와 걱정스러운 눈빛으로 배웅까지 해줬
다. 이런 걸 진정한 전화위복이라고 한다. 이번엔 전화위복은 그만
두고 평상유지라도 했으면 좋겠다.

*

"아빠 이거 욕이야?"
 싸가지가 다가와 가운뎃손가락을 세운 채 나에게 내밀었다.
 뻑큐, 순간 움찔했다.
 "인마, 그건 나쁜 욕이야. 하지 마."
 "그럼 이것두?"
 싸가지는 잽싸게 중지를 접고 검지를 세웠다.
 "누가 그런 거 알려주디. 그런 거 하지 마, 나쁜 욕이니까."
 "그럼 이것두?"
 싸가지가 또 하나의 손가락을 세웠다. 싸가지는 결코 굴하는 법이
없다. 대충하면 다섯 손가락을 돌아가며 한 번씩 세울 판이었다.
 "이 자식이, 유치원에서 나쁜 것만 배웠냐. 너 아빠가 하지 말라고

했지. 남한테 손가락 세우는 건 다 나쁜 욕이야."
 속이 상해 있던 차라 언성이 높아졌다. 싸가지는 입술을 실룩거리며 돌아섰다. 저놈은 도대체 누굴 닮아 저렇게 집요한 걸까.

"그럼 아빠, 이것두?"
 싸가지가 돌아서더니 검지와 중지 사이로 엄지를 집어넣어 제대로 먹였다. 내가 아무 말도 하지 않자 싸가지는 불안한 듯 손가락을 풀었다.
 "내가 한 게 아니고 경식이가 나한테 이렇게 하면서 엿 먹으래."
 휴, 상대를 말자. 아직 일곱 살인 놈을 상대로 화를 내서 무엇 하겠는가.
 "거실에 가서 둘리 만화책이나 봐. 아빠 화내기 전에."
 정색하며 말했더니 싸가지는 풀이 죽어 거실로 갔다.

 한글을 깨우치자 둘리 만화책을 끼고 살았다. 그 효과인지 표현력이 일취월장했다. 가끔 주제에 안 맞는 용어를 사용해 사람을 진땀 나게 했다. 요즘은 실습에 들어섰는지 몸으로 표현까지 거침없이 해댔다.

 싸가지가 둘리에 푹 빠지게 된 것은 아내 탓이다. 더위가 극성을 부리던 날, 아내는 자기도 쉬어야겠다며 나와 싸가지를 밖으로 내쫓았다. 졸지에 쫓겨난 나는 싸가지를 차에 태우고 휴대폰으로 갈 만한 곳을 검색했다. 쌍문동에 있는 둘리 뮤지엄에 갔다 왔다고 자랑질하는 블로그를 찾았다. 아무 생각 없이 쌍문동을 향해 차를 몰았다.

싸가지를 앞세워 3층짜리 건물 안을 한 바퀴 돌고 기념품점에서 둘리 인형을 사는 것으로 한나절을 때우고 돌아왔다. 그 후 싸가지는 둘리만 보면 환장했다. 쌍문동에서 알면 난리를 치겠지만 우리 집에서 15분만 걸어가면 둘리 공원이 있다는 사실을 알고는 우리 동네가 둘리 원조라고 믿었다.

둘리 피규어를 보면 절대 발걸음을 옮기지 않았다. 내 용돈의 상당 부분이 둘리한테 털렸다. 하드커버에 컬러를 그린 둘리 만화책이 애장판이라는 사기성 명칭을 달고 시리즈로 발간됐을 때는 김수정의 곱슬머리를 라이터 불로 지지고 싶은 심정이었다. 내 용돈의 절반을 잡아먹은 책은 한 달도 안 돼 걸레처럼 너덜너덜해졌다. 지금도 내가 TV를 틀기만 하면 싸가지는 둘리 DVD를 갖고 총알처럼 튀어나왔다. 말이나 하는 행동도 꼭 둘리를 따라 했다. 엄마하고 싸울 때면 둘리만큼 뺀질뺀질 말대꾸를 해댔다. 그걸 보고 있노라면 내가 고길동이 된 기분이었다.

참, 내가 이런 문제에 신경 쓸 때가 아니다. 안방에 드러누운 마나님을 달래지 않고서는 우리 가정에 평화는 없다. 어디까지 생각했지. 방법, 그래 방법을 찾아야 한다. 분명히 이불을 뒤집어쓰고 있겠지. 그냥 문을 박차고 들어가 이불 속으로 파고들어. 이에는 이, 눈에는 눈. 잠시 내 아랫도리를 내려다보았다. 휴, 한숨만 나왔다.

'꼬르륵' 아랫배가 상황 파악을 못 하고 염장을 지르고 있다. 하긴 그 지랄 떨고 나서 식은땀을 흘리며 달려왔으니 배고플 만도 하지. 뭐 먹을 만한 게 없을까, 해서 냉장고 문을 열었다. 우유 이외는 먹을 게 없다. 인생 처량해진다. 아니 진짜 처량한 건 지금부터일지 모른다. 아무리 생각해도 뒷감당이 안 됐다. 이게 다 김 뭔가 하는 여자 경찰서장 때문이다.

그 양반이 미아리하고 천호동을 뒤집어놓는 바람에 먹고 살기 막막해진 언니들이 수도권 전역으로 퍼졌으니 부작용이 날 만도 했다. 여기저기 생긴 신종 서비스업종에 우리 같은 술상무는 정신을 못 차렸다. 접대에서 이차 문화가 없어지지 않는 이상 우린 더 많은 곳을 섭렵해야 했다.

J와도 그렇게 만났다. 룸이나 돼야 단속에서 빠져나갈 수 있다 보니 애들 값도 비싸졌다. 거래처 손님들을 이차 보내고 나면 나는 손가락이나 빨아야 했다. 울적한 마음에 포차에 들어갔는데 괜찮은 여자가 혼자 술잔을 기울이고 있었다. 진짜 농담으로 작업을 걸었는데 먹혀들었다. 모텔로 갈 줄 알았는데 자기 집으로 가자고 했다. 처음엔 불륜 아닌가 하고 겁이 났다. 하지만 술집 여자가 아닌 일반 여자와 자본다는 짜릿한 스릴감이 겁대가리를 집어삼켰다.

새벽에 오피스텔을 나올 때 그녀가 준 명함을 보고서야 그녀의 정체를 알았다. J는 오피스텔을 하나 빌려서 일차에서 술 먹고 취한 놈들만 전용으로 상대하는 일테면 프리랜서였다. 그렇지만 룸에서 만

나는 애들과는 느낌이 달랐다. 모텔이 아닌 자신이 생활하는 곳으로 간다는 사실만으로도 기분의 차원이 달랐다. 게다가 포차에서 작업하면서 이런저런 얘기를 나눠서인지 직업여성이라는 생각이 전혀 들지 않았다. 애인 비슷한 기분으로 사귀었다. 한 달에 한두 번 찾아갔다.

J는 늘 오피스텔 앞까지 마중을 나와주었고, 돌아갈 때면 택시를 탈 때까지 배웅해주었다. 안에서 섹스만 한 건 아니다. 가끔 라면도 끓여 먹고 영화도 같이 봤다. 물론 나올 때 오만 원권 넉 장을 화장대 위에 놓고 가는 일을 잊지 않았다.

*

"아빠, 거북선은 누가 만들었어."
싸가지가 만화책을 들고 조르르 달려왔다. 조금 전 야단맞은 건 까맣게 잊은 듯 천진난만한 표정이다. 단순한 놈. 그래, 너도 피해자지. 못난 아비 때문에 저녁밥도 못 먹고. 나는 불쌍한 아들을 위해 성심성의껏 대답해주기로 마음먹었다.
"이순신 장군."
"그럼 이순신 장군이 목수야. 여기 배는 목수가 만든다고 써 있는데."
"거북선은 배가 아니고 전함이야."
"전함이 뭔데?"
"적과 싸우는 배."
"배 맞네."

피곤하다. 너랑 입씨름해서 본전 찾은 적이 없다. 불쌍하다는 생각은 없던 걸로 하자. 아니, 그냥 관두자.
"아빠, 배고파."
"미 투."
"엄마 왜 화났어?"
"낸들 아냐. 라면 끓일까?"
"아니, 스파게티."

그래 해주자. 좋은 남편은 물 건너갔으니 좋은 아빠라도 돼보자. 술이면 술, 노래면 노래, 아부면 아부. 회사에서 별명이 '홍반장'인 나는 요리도 잘했다. 윗사람한테만 아부해서는 살아남을 수 없었다. 어쩌면 윗사람보다는 아래 여직원이 더 무서웠다. 그녀들의 끊임없는 수다가 사내 여론의 향방을 갈랐다. 그녀들에게 찍히면 아무리 능력이 있어도 승진하는 데 어려움이 있었다. 하지만 평소에 점수를 잘 따놓으면 결정적인 순간에 여론몰이를 해주기 때문에 관리가 필요했다. 그래서 야유회에 가면 요리와 설거지는 내가 도맡아 했다.

특히, 해장국과 스파게티 솜씨는 모두가 인정해주었다. 그걸 배우느라 인터넷을 얼마나 뒤졌는지 모른다. 뭐 소스를 정식으로 만들고 하는 건 아니다. 인스턴트 스파게티에 재료만 약간 가미하면 된다. 관건은 무슨 재료를 어느 정도 볶느냐에 달렸다. 우선 감자와 양파를 채 썰어 여우 털 빛깔이 나도록 볶아놓는다. 햄을 가늘게 잘라 다진 마늘하고 같이 볶아 따로 놓는다. 그것을 아들 녀석이 좋아하는 미트볼 소스에 섞어 같이 볶다가 삶은 스파게티 면발을 넣고 2~3분 마무리해주면 기막힌 즉석 스파게티가 된다.

싸가지는 얼굴에 떡칠해가며 '진짜 맛있다'를 연발했다. 당근이지. 언니들한테 환심을 사려고 내가 얼마나 시행착오를 겪으며 익힌 솜씬데. 내 건 계란을 두 개 넣고 끓인 라면이다. 싸가지와 나는 머리를 맞대고 허겁지겁 저녁 식사를 했다.

'피융, 피융' 총알 날아가는 소리가 요란하다. 덕분에 비싼 술 맛이 안 났다.
"아들, 좋은 말로 할 때 소리 줄여."
처먹여놓았더니 금방 기분이 좋아져 컴퓨터 게임에 매달렸다. 엄마 통제에서 벗어난 싸가지는 신이 났다. 평소 이 시간 같으면 어림없는 일이다. 영어 테이프를 들으며 혀를 굴리든지, 받아쓰기하며 하품을 해야 할 시간이다. 어디든 손해 보는 자가 있으면 이득을 보는 자가 있기 마련이다. 그렇다고 내가 말릴 자격이나 있겠는가, 시끄럽지나 않게 해주면 고맙지. 벌써 일곱 잔째 폭탄주가 들어갔다. 취기가 오르기 시작했다. 나이가 사십을 넘어서더니 몸이 예전 같지 않았다. 고만 먹을까. 괜히 아까운 술병을 땄다. 21년산 로얄살루트를 폭탄을 해서 라면 국물과 먹고 있다니…. 아깝다.

라면 국물에 소주라도 한잔했으면 해서 냉장고를 뒤졌지만 캔 맥주밖에 나오지 않았다. 아무리 생각해도 맥주와 라면 국물은 궁합이 아니다. 장식장에 있는 양주가 생각났다. 추석 때 부장님께 선물하려고 잘 보관하고 있었다. 지금 부장이 문제냐, 기분도 꿀꿀한데, 엉겁결에 양주를 따서 폭탄을 시작했다.

나의 폭탄주 제조는 자타가 공인하는 실력이다. 새로운 폭탄주가 나왔다 하면 잽싸게 인터넷을 뒤져 술자리에서 선을 보였다. 가장 기본적인 회오리주에서 사 년마다 유행되는 월드컵주, 날달걀을 넣어 만든 원기회복주, 벌칙으로 많이 쓰는 청산리 벽계수주, 요즘 한창 유행인 웰빙주, 핫식스를 넣은 에너자이저주, 상사들하고 마실 때 아부하기 좋은 충성주. 술자리를 즐겁게 하기 위한 나의 노력은 끝이 없었다.

해서 오늘의 내가 있는 것이다. 지방대 출신에 외국어 하나 제대로 못하는 내가 회사에서 살아남으려면 이 길밖에 없었다. 신입사원 시절 세계 대공황에 버금가는 금융위기를 겪으면서 세상의 무서움을 알았다. 잘나가던 선배들이 하루아침에 잘렸다. 나갈 때만 하더라도 기세등등했다. 그렇지 않아도 개인 사업 한번 해보고 싶었는데 좋은 기회라며 의연하게 나갔지만 모두 개털이 되었다. 어쩌다 만나면 후줄근한 반 노숙자 신세가 되어 있었다. 우리 같은 영업맨이 나가서 할 일이 뭐가 있겠니. 회사에서 쫓아낼 때까지 그냥 붙어 있으라고 충고했다. 하지만, 그냥 붙어 있는 일도 만만치 않았다. 지연·학연으로 똘똘 뭉쳐진 회사에서 배경도 학벌도 실력도 없는 내가 살아남을 길이 거의 없었다.

오랜 고민과 연구 끝에 내린 결론이 이거였다. 술과 인간성, 그리고 아부. 그때부터 나는 이 길에 올인했다. 술자리가 있을 때면 언제나 제일 늦게까지 남아서 뒷정리를 했다. 술에 취해 똥오줌 못 가리는 상사를 집까지 모셔다드리고, 술 몇 잔에 오바이트 하는 여직원의 등을 두들겨주고, 새로운 폭탄제조법을 익혀 분위기를 즐겁게 해주었다. 이러한 나의 노력이 서서히 결실을 맺었다. 윗분들이 나를 접대 자리에 데리고 다니기 시작했다.

그때부터 본격적인 술상무 수업을 시작했다. 거래처와 술자리를 갖게 되면 상대방 습성을 자세히 조사해 리스트를 만들었다. 좋아하는 폭탄주가 무엇이며, 노래방에서 십팔번이 무언지. 담배는 어떤 걸 피우는지. 여자는 어떤 타입을 좋아하는지. 주중에는 매일 술을 마셨고, 주말에는 혼자 노래방에 가서 노래를 하고 폭탄주 만드는 연습을 했다. 그렇게 일 년이 지나자 이 세계가 보이기 시작했다.

초짜는 상대방이 담배가 떨어져 주머니를 뒤지는 제스처를 해야 그제야 허겁지겁 담배를 사러 나간다. 하지만, 프로의 주머니에는 언제나 상대방이 피우는 담배가 한두 갑 들어 있기 마련이다. 초짜는 노래방에서 흥을 돋운다고 자신이 열을 내며 마이크를 잡지만, 프로는 분위기 조성을 위해 탬버린만 잡지, 절대 마이크는 잡지 않는다. 초짜의 폭탄주는 공식화된 룰에 따라 평준화로 가지만, 프로의 폭탄주는 상대방 취향과 호기와 그날 컨디션이 적절히 배합된 특목고를 추구한다. 초짜는 손님 앞에서 언니들과 '쇼부'를 치지만, 프로는 화장실 가는 척하면서 마담과 말을 다 맞춰놓고 당연하게 이차로 모신다. 초짜는 경비가 초과되면 안절부절못하며 티를 내지만, 프로는 현금서비스를 받더라도 절대로 돈에 약한 모습은 보이지 않는다.

삼 년 만에 완전히 자리 잡았다. 거래처 술 접대는 내가 도맡아 했다. 덕분에 승진도 동기 중 가장 빨랐다. 시기하는 놈들도 많았다. 대놓고 얘기는 하지 않았지만 낯간지럽게 아부나 하는 놈이라는 뒷말도 많이 들었다. 하긴 아부도 좀 했다. 아침에 부장님을 보면 넥타이가 잘 어울린다고 추켜세워 드렸다. 이발하고 오거나 양복이 바뀌면 반드시 멘트를 날렸다. 넥타이가 멋있으니까 멋있다고 했고, 양복이 잘 어울리니까 잘 어울린다고 했을 뿐이다. 없는 사실을 말한 게 아니다. 객관적 사실을 주관적으로 얘기했다고 해서 문제가 될 건 없었다. 못하는 놈이 바보지. 그동안 내 경험으로 보건대 아부하는데 싫어하는 윗사람 못 봤고, 여자 붙여주는데 싫어하는 남자 못 봤다. 니들이야 간판 있고 빽 있으니까 고고하게 살지만, 나 같은 놈은 이렇게 해서라도 살아야지. 씨팔!

많이 취했다. 폭탄 말기가 귀찮아졌다. 양주를 맥주잔에 부어 그냥 털어 넣었다. 목 넘김이 부드러웠다. 역시 21년산은 달랐다. 이 좋은 술을 말아먹고 있었다니.

그래, 옥빈아, 내가 바람 좀 피웠다. 한때 잘나가던 나도 이제 체력도 부치고, 이 나이에 아직도 아부만 하고 살려니 인생 좆 같고,

뭐 그래서 여자 하나 만났다. 뭐 섹스하려고 만난 건 아냐. 그냥 시간 날 때 들러서 라면도 끓여 먹고 비디오도 보면서 시시덕거리고 싶었어. 그냥 그런 게 필요했어. 내 나이 사십이 넘었어. 회사 가면 위에선 끊임없이 쪼아대지. 밑에서는 실력도 간판도 없는 게 손바닥 잘 비벼 출세했다고 비아냥거리지. 나도 힘들고 외롭거든. 잠시 쉴 데가 필요했어. 솔직히 너랑 연애할 때처럼 기분도 나지 않잖아. 너야 싸가지 잘 키우겠다고 관심이 온통 걔한테 쏠려 있잖아. 나도 이제 술이 벅차. 화장실에 오바이트 하고 다시 술 마시러 들어갈 때면 '씨팔' 소리를 열댓 번은 한다고. 노래방에서 내가 좋아하는 노래는 못하고 높은 놈들 십팔번만 눌러주다 끝나는 내 인생이 서글펐다고. 그래, 그래서 기분전환 겸 바람 한 번 피웠다. 그게 죽을죄냐. 제미!

맥주잔에 반쯤 차자 양주가 나오지 않았다. 다 마신 모양이다. 싸가지는 질리지도 않는지 컴퓨터 앞에서 떠나질 않는다. 저것도 집중력이 좋다고 해야 하는 걸까? 나는 마지막 남은 양주를 원 샷으로 끝냈다. 조금 전까지만 해도 태산 같던 근심이 주먹만 해졌다. 될 대로 되라지. 죽기밖에 더 하겠냐! 역시 술은 좋은 거야. 내 달리 술상무가 되겠어. 몸도 기분도 풀어진 나는 의자에 몸을 편히 기댔다.

*

딱, 눈앞에서 불이 번쩍했다. 눈을 떠보니 아내가 슬리퍼를 쥐고 내 앞에 서 있었다. 뭐야, 잠시 얼떨떨했다. 뭐지, 식탁 위에 엎어진 냄비와 라면 국물, 그 옆에 넘어져 있는 코발트색 양주병. 끊어진 필름이 다시 돌기 시작했다. 일단 자리에서 일어났다.

"애 찾아봐. 애가 없어졌다구."

아내가 악을 썼다. 상황 구성에 들어갔다. 술에 취해 의자에서 잠이 들고, 아내가 나를 한 대 갈기고, 애가 없어지고, 감이 잡혔다. 새로운 상황의 전개다. 엔도르핀이 돌기 시작했다. 반전으로 넘어갈 좋은 기회다.

"애가 없어지다니. 조금 전까지만 해도 게임하고 있었는데."

시계를 보니 열두 시가 넘었다. 여덟 시 조금 넘어 술을 먹기 시작해서 취기가 오르기 시작한 게 아홉 시 정도. 잠든 게 열 시쯤. 그럼 두 시간 정도 잠들었다는 이야긴데.

"뭐가 잘했다고 애 나간 줄도 모르고, 술만 처먹고 있어. 인간아 니가 그러고도 사람이야."

아내가 흥분했는지 목소리가 커졌다. 자, 그럼 나는 냉정하자. 이런 위기 상황일수록 냉정한 쪽이 이긴다. 우선 상황 파악이 먼저다.

"애가 왜 나갔는데, 마지막 본 게 언제야?"

일단 두 시간 동안 무슨 일이 있었는지 알아내는 게 중요하다. 분명히 거기서 꼬투리가 나올 것이다. 그걸 물고 늘어져 헤게모니를 찾아야 한다.

"한 시간 전쯤에 졸립다고 방문을 두들기기에 소리 좀 질렀어."

아내 목소리가 작아졌다. 오케이, 상황 파악 완료다. 싸가지 성격으로 보건대 졸려서 방에 들어가겠다고 떼를 썼을 거고, 문을 열어 주지 않자 발로 찼을 거고, 신경이 곤두서 있던 아내가 소리를 지르며 베개를 던졌을 거고, 화가 난 싸가지가 가출을 시도한 거고.

"왜 애한테 소리를 질러. 소리만 질렀어."
"문을 차기에 알람시계를 던졌어. 그때는 나두 제정신이 아니었다고."
이 정도면 역전 가능성이 충분하다. 지금부터 내 행동 여하에 따라 내 운명이 갈린다. 우선 술부터 깨야 한다. 냉수를 한 컵 들이켜고 컵을 식탁 위에 세게 내려놓았다. 아내가 움찔한다. 괜찮은 반응이다.

"그래, 그런 건 중요하지 않으니까, 나중에 이야기하고 일단 자긴 파출소에 신고해. 나는 놀이터에 나가볼게."
아내 허물을 문제 삼을 필요는 없다. 지금의 관대함은 나중에 배로 돌아오기 마련이다.
"나도 같이 가."
"애가 돌아오면, 또 애 때문에 누가 집에 전화할지도 모르잖아. 혼자 가도 충분하니까, 자긴 파출소에 신고하고 애가 입고 나간 옷이나 물건 있나 찾아보고 핸드폰 줘. 너무 걱정하지 말고, 훈이 똑똑하니까 별문제 없을 거야. 집 전화번호도 외우고 있잖아. 누가 발견하면 바로 전화할 거야. 그러니까 집 비우지 말고 기다려. 찾으면 바로 전화할게."
"엄마한테 전화할까?"
아내가 당황해서 사리 판단이 잘 안 되는 모양이다. 이런 실수야 자주 나오는 게 좋다. 나의 존재감을 드러내게 해주는 좋은 건수다.

"지금 전화하면 노인네 밤새도록 걱정하라고. 너무 요란 떨지 말고 침착하자고. 경찰에 신고부터 해."

엘리베이터 안에서 머리를 식혔다. 싸가지는 아내의 호통에 화가 나서 집을 나간 게 분명하다. 한 시간 정도니까, 기껏해야 아파트 놀이터나 송내 중학교 운동장에서 울고 있겠지. 진짜 문제는 이 기회를 잘 이용해서 아내의 용서를 끌어내는 일이다. 일단 아내가 밖으로 나온 것만 해도 커다란 수확이다.

아파트 놀이터를 둘러보고 학교 쪽으로 걸어갔다. 가끔 일요일이면 축구를 가르쳐준다고 싸가지를 데리고 학교 운동장에 갔다. 뛰는 게 귀찮아 공을 뻥 질러놓으면 싸가지는 강아지처럼 죽어라 쫓아가 가져왔다. 한번 갔다 올 적마다 숨을 할딱거렸지만, 싸가지는 재미있어 했다. 한 삼십 분 뺑뺑이를 돌려놓으면 그날 저녁을 일찌감치 뻗어버렸다. 하지만 요즘에는 통 가질 못했다. 싸가지는 가자고 졸라댔지만 주말이면 꼭 일이 생겼다. 아내도 주말마다 출근하는 나에게 불만이 많았지만 어쩔 수 없었다.

회사와 가정생활을 모두 잘할 수는 없다. 한쪽에 신경을 많이 쓰면 다른 한쪽이 손해를 보기 마련이다. 내가 우리 부서 술상무로 인정받는 순간 나는 당분간 가정보다는 회사에 충실하기로 마음먹었다. 이 세계에서 살아남으려면 그 정도 투자를 해야 한다. 한 만큼 돌아온다는 게 선배들이 늘 하는 말이다.

　우리 세계에도 나름대로 족보가 있었다. 정식으로 명령을 받고 임명된 건 아니지만, 부서별로 한 명씩 술상무가 존재했다. 간암 말기로 병원에 입원해 있는 정 선배가 우리 세계의 큰 형님이다. 이제는 신입사원 중에서 우리 계보를 이을 만한 인재를 찾기 어려웠다. 일단 눈치가 있고 상황판단이 빨라야 한다. 술은 기본으로 마셔야 하고, 주사가 있으면 절대 안 된다. 인간성 또한 중요하다. 어떠한 굴욕이 오더라도 참고 견뎌야 한다. 한마디로 접대 가기 전에 간, 쓸개, 허파까지 다 빼놓고 가야 한다.

　특히 공무원을 상대할 때는 더욱 그렇다. 게다가 외모도 빠지면 안 된다. 이런 조건을 가진 친구가 실력과 학벌까지 갖추면 승승장구해서 임원으로 가는 것이다. 뒤에 두 가지 조건이 빠지면 술상무로 제격이다. 그러나 요즘 같은 세상에 이런 신입사원을 찾기란 쉽지 않았다. 게다가 술상무 십 년에 간이 안 무너진 사람이 없었다. 건강을 중요시하는 요즘 애들이 회사를 그만두면 두었지, 우리처럼 미련하게 굴진 않는다. 건강 문제는 우리에게 있어 최대의 아킬레스다. 오늘 J에게 간 것도 그 때문이다. 정 선배 문병을 갔다 와서 기분이 꿀꿀했다. 본인은 아무렇지도 않은 척했지만, 그건 직업상 굳어진 습관적 행동이라는 걸 왜 모르겠는가.

　"유 과장, 똥 씹은 얼굴 할 거 없어. 난 축하받아야 해. 알아?"

"뭘요. 간암 말기에 육 개월도 못 산다면서 그게 축하받을 일입니까?"

"통계를 보면 술상무가 간암에 걸릴 확률은 극히 드물다고. 간암으로 가기 전에 대개 간경화로 죽거든 하, 하, 하. 그런 면에서 보면 나는 축복받은 존재야. 게다가 그동안 쌓은 인덕으로 죽는 날까지 월급도 받을 수 있고."

보통 병가는 일 개월밖에 되지 않았다. 그 뒤 복직을 못 하면 바로 퇴직 처리된다. 하지만, 정 선배는 김 이사 배려로 회사에 계속 적(籍)을 둘 수 있었다.

"삼 개월이면 충분해. 그럼 우리 둘째 대학 등록금까지는 지원받을 수 있다고. 걔가 이번만 받으면 한 학기 남거든. 하, 하, 하. 난 운이 좋은 놈이야."

퍽이나 좋겠수다. 나는 억지로 유쾌한 척하는 정 선배가 안쓰러웠다. 형수가 옆에서 복수로 팽팽해진 배를 만지며 눈물을 찔끔거리고 있는데도 '나 괜찮소' 하며 웃음이나 지어야 하고. 프로는 개뿔.

이미 망가진 정 선배야 어쩔 수 없다 치고 나도 몸 관리를 해야 했다. 몸이 예전 같지 않았다. 술자리에서 조금 무리했다 싶으면 다음 날에는 영락없이 눈 밑에 다크서클이 자리했다. 정 선배야 일찍 결혼해서 아이들이 다 컸으니 저 정도 여유라도 부리지만 나는 싸가지가 아직 어려 대학 등록금이나 한 번 지원받을 수 있을지 모르겠다. 이번 기회에 지방이나 내려가볼까 하는 생각이 들었다.

"유 과장, 지방 한번 갔다 오는 게 어때."

부장이 며칠 전 심각하게 의견을 물어왔다. 경북 지사에 지원자가 없어 몇 달째 공석이었다. 젊은 애들은 그 촌구석에 내려가느니 사표를 내겠다고 버텼다. 과장 삼 년 차인 내가 갈 자리는 아니었지만, 부장은 은근히 압력을 가해왔다.

아무리 회사에 충성했지만, 태생적 한계를 넘기란 쉽지 않았다. 부장은 자기 학교 후배를 내 자리로 끌어오고 싶어 했다. 곧 초등학교에 들어가는 싸가지 때문에 지방으로 내려가고 싶지 않았다. 지방으로 간다고 하면 아내는 펄쩍 뛸 게 분명했다. 교육 이야기만 나오면 전문가처럼 목소리를 높이는 아내를 지방으로 모시는 건 어불성설이다. 이번 추석에 양주하고 갈비를 가지고 부장님한테 가서 읍소해볼 생각이었다. 하지만 양주는 내 배 속으로 들어가버리고 말았다.

중학교 운동장에는 체육복을 입은 아줌마 서너 명이 트랙을 돌고 있을 뿐이다. 아파트 앞에 있는 초등학교는 얼마 전 성추행 사건이 있은 후부터 일곱 시만 되면 정문을 아예 폐쇄했다. 슬슬 걱정이 됐다. 중학교에서 나와 큰길로 나섰지만 어디로 가야 할지 막막했다. 사이렌 소리가 났다. 도로 위를 바라보자 멀리서 경광등을 번쩍이면 응급차가 무섭게 달려왔다. 교통사고라도 났는지 응급차는 사이렌을 요란하게 울리며 지나갔다. 별일이 다 일어나는 세상이었다. 불길한 생각이 머릿속으로 파고들어 왔다. 파출소가 있는 전철역 쪽으로 가는데 핸드폰이 울렸다. 발신인을 보니 아내였다. 혹시나 하는 생각에 얼른 핸드폰을 받았다.

"훈이 찾았어?"
다급한 아내 목소리가 새어 나왔다. 아직 연락이 없는 모양이다. 조용히 한숨을 내쉬었다.
"아직, 걱정 마. 금방 찾을 수 있을 거야. 지금 송내 중학교 앞인데, 역으로 가고 있어. 뭘 입고 나갔어?"
자신감 없는 모습을 보여서는 절대 안 된다. 이럴 때일수록 잘 될 거라는 확신이 무엇보다 중요하다.

"청바지에 입던 티셔츠 그대로 나갔어. 그리고 유치원 가방하고 둘리 만화책도 갖고 나갔나 봐."
순간, '필'이 팍 꽂혔다. 싸가지가 어디로 갔는지 짐작이 갔다. 들어올 때 오두방정을 떨더니, 머릿속 뇌신경이 팽팽해지면서 시냅스가 작동하는 게 느껴졌다. 내 잔머리가 돌기 시작한다는 증거다. 내가 누구인가, 유일하게 내가 믿는 놈 아니던가. 둘리가 그려진 유치원 가방과 둘리 만화책을 가지고 나갔다는 아내 말을 듣는 순간 모든 게 한순간에 정리됐다. 이제 내 걱정에 신경을 쓸 때다. 전화를 끊기 전에 밑밥을 던져둘 필요가 있었다.

"그래, 너무 걱정하지 마. 내가 무슨 일이 있어도 찾아서 데려갈게. 그리고 오늘 일은 말이야."
"됐어. 됐으니까 애만 찾아와. 애한테 무슨 일이 생기면…."

울음소리가 터져 나왔다. 조용히 핸드폰을 끊었다. 생각보다 일이 쉽게 정리될 것 같았다. 아내와 말을 섞는 게 중요했다. 그동안 경험으로 보건대 대화를 한다는 건 용서해줄 준비가 됐다는 증거다. 이제 아내에게 자기 합리화를 시켜줄 시나리오만 만들어주면 된다. 이미 시나리오는 머릿속에 그려놓았다. 아내를 방 안에서 끌어내는 게 관건이었는데, 고맙게도 싸가지가 결정적인 순간에 한 건 해주었다.

둘리 동상이 보였다. 빨간 입술을 날름거리는 게 여간 얄밉지 않다. 그래도 오늘 나를 살린 놈이다. 아까 택시를 타고 역 앞을 지날 때 보니 동상 앞에 꽤 많은 사람이 모여 있었다. 둘리를 기념하기 위해 시(市)에서 매년 주관하는 행사였다. 싸가지는 며칠 전부터 둘리 축제에 가자고 졸라댔다. 방바닥에 굴러다니는 게 둘리 만화책인데 뭘 가냐고 나는 가볍게 묵살해버렸다.

가로등 위에 팽팽히 당겨진 홍보 현수막이 눈에 띄었다. 안에 있는 캐릭터 동산으로 갔다. 거기에는 둘리뿐 아니라 도우너, 또치, 마이콜까지 둘리 만화에 나오는 캐릭터가 옹기종기 모여 있었다. 곳곳에 벤치가 놓여 있어 연인들이 데이트하기 좋은 장소였다. 싸가지가 왔다면 여기 어딘가에 있을 것이다. 기타를 치는 둘리 동상이 보였다. 싸가지는 둘리가 기타 치는 흉내를 내며 곧잘 송창식의 「가나다라마바사」를 읊어대곤 했다. 퇴근해서 아파트 엘리베이터에 올라타면 '으어으어으어어'라는 싸가지의 괴성이 들려오곤 했다.

주위를 아무리 둘러봐도 싸가지가 보이지 않았다. 또다시 불안감이 엄습했다. 여기에 없다면 도대체 어디로 간 걸까. 공원 뒤쪽은 컴컴한 숲속이다. 역에서 가깝다 보니 노숙자가 몰려 있어 어른도 들어가기 꺼리는 곳이다. 어린애가 들어갈 리 없다. 둘리 뒤통수가 보이는 벤치에 주저앉았다. 술이 깨지 않아서인지 머리가 쑤셨다. 아내와의 관계가 밋밋해진 상태에서 싸가지마저 없어진다면 결혼 생활은 의미가 없어진다. 싸가지 없는 우리 가정은 상상할 수도 없다.

노숙자 한 명이 앞을 지나갔다. 손에 들려 있는 가방이 눈에 익었다.
"어이, 잠깐만요."
황급히 일어나 노숙자의 팔에 있는 둘리 가방을 잡아챘다. 다리를 절던 노숙자가 비틀거렸다.
"이 가방 어디서 났어요?"
가방을 들고 눈을 부라렸다. 나의 서슬에 겁을 먹었는지 노숙자가 한걸음 뒤로 물러섰다. 얼굴에는 낭패한 기색이 역력했다. 천천히 돌아서더니 도로를 향해 손을 뻗었다. 어디를 가리키는지 알 수가 없었다. 그의 손을 잡고 무작정 앞으로 끌고 갔다. 몇 걸음 옮기기도 전에 가방 모서리에 묻은 액체를 보았다. 등에서 식은땀이 났다. 온몸이 부들부들 떨렸다. 노숙자가 나를 부축해주었다. 노숙자가 가리킨 도로에 도착하기도 전에 바닥에 주저앉고 말았다. 머릿속에는 조금 전 내 앞을 질주하던 구급차의 파란 경관등이 정신없이 돌아가고 있었다.

*

오늘은 둘리 축제 날이다. 축제가 가까워질수록 잠을 이루지 못했다. 어제는 거의 뜬눈으로 밤을 새웠다. 낮에 장 씨가 가져온 막걸리 한 통을 마시고 잠깐 눈을 붙였다. 몸이 으슬으슬 춥고 등에서 식은 땀이 났다. 면역력이 약해져서 감기가 한 번 걸리면 좀처럼 떨어지지 않았다. 장 씨가 준 모포를 덮었지만, 한기가 가시지 않았다. 아무래도 술이 필요했다. 그동안 모아놓은 빈 병과 파지를 가지고 갔으니 소줏값 정도는 가져올 것이다. 엇박자로 울리는 장 씨 발걸음 소리가 들렸다.

"그만 일어나. 이제 가봐야지."

안으로 들어온 장 씨가 검정 비닐봉지 안에서 소주병을 꺼냈다. 초록색 병을 보자 입 안에 침이 고였다. 천천히 일어나 장 씨와 마주 앉았다. 이젠 앉아 있는 것도 힘들었다. 복수가 차기 시작하는지 배가 부풀어 오르기 시작했다. 조금만 지나면 정 선배처럼 남산만 해질 것이다. 정 선배는 어떻게 됐을까? 소원대로 등록금이나 지원받고 죽었길 바랐다. 그때는 자기의 죽음을 희화화하던 정 선배가 안쓰러웠는데, 이제는 부럽기만 하다. 정 선배는 적어도 배를 쓰다듬어 주는 아내가 옆에 있었다. 내게는 지금 아무도 없다.

장 씨가 때가 낀 머그잔에 소주를 가득 따라주었다. 두 손으로 받아 들고 두 번에 나눠 들이켰다. 이제야 좀 살 것 같다.

"안주도 먹어."

싸가지가 좋아하던 천하장사다. 장 씨가 건네준 소시지를 받았지만 차마 입에 넣지 못했다.

"조용해진 걸 보니 이제 다 돌아간 모양이야. 슬슬 나가보자구."

장 씨가 비닐봉지를 들고 텐트 밖으로 나갔다. 나도 둘리 가방을 어깨에 메고 일어섰다. 둘리 광장까지는 어른 걸음걸이로 십 분이면 충분했다. 그러나 나에게는 쉽지 않은 거리다. 다리가 떨려 서너 발자국을 걷고 나면 휴식을 취해야 했다. 그때마다 장 씨가 나를 부축해줬다. 그날 공원 벤치에서 만난 장 씨가 나를 돌봐주고 있다. 아내와 헤어지고 나서 술로 살았다. 매일 술집을 전진하며 지냈다. 돈이 떨어지자 공원으로 나와 둘리 뒤통수가 보이는 벤치에 앉아 술을 마셨다. 그러다 나를 알아본 장 씨와 술잔을 나누는 사이가 되었다. 장 씨의 텐트에서 자는 일이 많아지면서 원룸을 나와 장 씨와 같이 지냈다. 밀린 월세를 갚고 남은 보증금으로 그럭저럭 버티며 살았다. 지금은 돈도 다 떨어져 장 씨를 따라다니며 파지를 모아 근근이 연명하고 있다.

장 씨가 나를 벤치에 앉혔다. 그리고 봉투에서 소주를 꺼내 한잔 따라줬다. 주기적으로 알코올을 넣어줘야 내 몸이 움직인다. 떨리던 다리가 조금 진정됐다. 축제가 끝난 광장은 쓰레기만 널려 있었다. 가방에서 둘리 만화책과 공책을 꺼냈다. 너덜너덜해진 만화책은 싸가지의 마지막 유물이다. 양장본이었던 커버는 다 떨어지고 앞부분도 반은 날아갔다. 한 장을 뜯어 종이비행기를 접었다. 손이 떨려 접는 데 한참 걸렸다.

비행기를 가방 안에 넣고 공책을 펼쳤다. 싸가지의 글씨가 보였다. 싸가지는 이미 한글을 깨우치고 영어 단어를 외우고 있었다. 공책을 몇 장 더 넘기자 내가 적어놓은 메모가 보였다. 술에 취하면 여기 벤치에 앉아 싸가지와의 추억을 더듬어 공책에 적어놓았다. 과거의 기억을 하나씩 하나씩 적고 있으면 싸가지가 살아 있는 기분이 들었다. 그러다 기분이 좋아지면 벤치에 누워 싸가지를 데리고 집으로 가는 꿈을 꾸었다. 공책 마지막 장에는 아내에게 줄 시나리오가 적혀 있었다. 그날 싸가지를 찾으면서 구상해놓은 시나리오다. 싸기지만 살아 있다면 나는 천연덕스럽게 아내에게 이렇게 말하려 했다.

'아까는 경황이 없어 말 못 했는데, 경북 지사로 발령 났어. 그래, 좌천이야. 내가 잘못했지. 실은 아까 그 여잔 사설 도박장 여종업원이야. 단속이 심해 연인처럼 해야 들어갈 수 있다고. 그냥 스트레스 풀 겸 가볍게 한두 판 하러 갔는데, 이게 재미가 붙어서 가끔 근무 시간에 몰래 다녔지. 근데 누가 회사에 찔렀나 봐. 자기도 알잖아, 내가 회사에서 잘나가는 거. 배 아파하는 놈들이 한둘이 아니니까. 부장님이 한 삼 년만 쉬고 오래. 잘 됐지, 이번 기회에 몸도 추스르고. 전원생활도 좀 해보자고. 자기한테 미안하지만 어쩌겠냐. 내 다시는 도박 같은 것 안 할게.'

이 정도에 아내가 넘어갔을까. 도박장에 한번 가보자고 했을지도 모른다. 아니다. 아내처럼 현명한 사람이 그런 무모한 도박을 할 리 없다. 가서 아니면 정말 끝장나는데. 그런 치킨 런 게임은 돌대가리들이나 하는 짓이다. 아내도 거짓말이라는 걸 알지만 가정을 위해 넘어가줄 것이다. 싸가지만 살아 있었다면 말이다.

"가볼까."

장 씨가 내 팔뚝을 부축했다. 공책을 가방에 넣고 일어섰다. 광장 건너편으로 도로 위를 달리는 자동차 불빛이 보였다. 장 씨가 나를 이끌었다. 나는 질질 끌려가듯 장 씨를 따라갔다. 찬바람이 광장을 휩쓸고 지나갔다. 바닥에 떨어져 있던 바람 빠진 풍선이 날아오르더니 내 인생처럼 맥없이 추락했다.

도로에 다가갈수록 가슴이 두근거렸다. 가로수가 늘어선 인도 위에 올라섰다. 장 씨가 사고 장소와 가장 근접한 가로수 밑으로 나를 데려갔다. 둘리 가방에서 종이비행기를 꺼내 나무 밑에 놓고 연석에 앉아 휴식을 취했다. 장 씨가 소주병을 꺼내 내게 주었다. 한 방울 남기지 않고 모두 마셔버렸다. 급하게 취기가 올라왔다. 나무에 기대어 지나가는 차를 바라보고 있자니 눈물이 났다. 장 씨가 나를 일으켜 세웠다. 장 씨에게 이끌려 다시 공원 벤치까지 왔다. 여기는 내 지정석이나 다름없다. 편안한 기분으로 벤치에 기대 눈을 감았다.

싸가지는 벤치에 누워 태평스럽게 자고 있었다. 나는 잠이 든 싸가지를 조심스럽게 업고 둘리 가방을 달랑거리며 집으로 향했다. 녀

석은 묵직했다. 내가 모르는 사이에 싸가지는 엄청나게 자랐다. 땀을 뻘뻘 흘리며 광장을 빠져나와 송내 중학교쯤 왔을 때 싸가지가 일어났다.

"잠 깼냐?"

"응, 나 이제 잠이 안 와."

"집은 왜 나갔냐? 엄마가 야단쳐서?"

"응, 둘리가 그랬어. 자기가 집을 나가야 길동이가 정신 차린다고."

"그래서 니가 나가면 엄마가 정신 차릴 거로 생각했냐?"

"응."

"길동이는 정신 차렸냐?"

"아니, 시원하다고 소금 뿌렸어."

"마찬가지다. 엄마가 너 나간다고 눈 하나 깜짝할 것 같으냐. 앞으로 이런 짓 하지 마라."

"응."

"아들, 만약에 엄마가 들어오지 말라고 내쫓아도 우리 나가지 말자. 그냥 잘못했다고 빌고 집은 나가지 말자."

"응."

"집 나가면?"

"개고생."

"그래. 집 나가면 개고생이다. 절대 나가지 말자."

"응, 아빠도 술 조금만 마시고."

싸가지의 마지막 한마디에 마음이 흐뭇해졌다. 집으로 간다는 생각에 싸가지가 새털처럼 가볍게 느껴졌다. 멀리 아파트 불빛이 보이기 시작했다. 나는 콧노래를 부르며 싸가지를 업고 성큼성큼 걸어갔다.

"유 씨, 뭐가 좋아 혼자 그리 웃어?"

장 씨가 나를 흔들었다. 주위를 둘러보았다. 텅 빈 광장에는 아무도 없었다.

"또 아들 데리고 집에 가는 꿈을 꾼 게야."

고개를 저었다. 꿈이 아니다. 분명히 싸가지를 내 등에 업고 우리 아파트를 향해 걸어갔다.

"그만 들어가자고. 날씨가 제법 차."

장 씨가 내 팔을 끌어당겼다.

"알았어. 근데 내가 그때 우리 싸가지한테 못 한 말이 있는데. 그게 뭔지 알아?"

장 씨가 나를 내려다보며 고개를 끄덕였다.

"너는 이 아빠처럼 '찌질이'는 되지 마라. 남 눈치 보지 말고, 너 하고 싶은 대로 하고 살아라. 공부 못하면 어때, 목소리만 크면 됐지. 웬만해서는 죄송하다는 소리 하지 말고, 목소리 높이며 살아라. 남들 퇴근할 때 퇴근하고, 남들 놀 때 너도 놀고, 술 먹기 싫으면 과감하게 잔 엎어버리고 나오는 그런 훌륭한 아들이 되어라."

"알아, 벌써 백번도 더 들었어. 인제 그만 들어가자구. 걷기 힘들면 내가 부축해줄까?"

"아니 이젠 괜찮아. 걸을 수 있어. 내가 선물은 놓고 왔지?"

"그래, 나무 밑에 놓고 왔어. 저기 봐, 봐, 하늘을 날고 있잖아."

장 씨가 하늘을 가리켰다. 종이비행기가 하늘을 날고 있었다. 바람 빠진 풍선과 달리 추락하지 않고 하늘 높이 올라갔다. 나는 종이 비행기가 어둠 속으로 완전히 사라질 때까지 지켜보았다.

(끝 / 미발표작)

작품에 대해

1994년부터 직장 생활을 했으니 약 27년을 했다. 그동안 IMF, 금융위기 등 힘난한 파고를 몇 번이나 넘겼다. 직장 풍속도 많이 달라졌다.

사무실에서 재떨이를 놓고 담배 피우던 시절도 있었다. 비싼 양주를 맥주잔에 풍덩 풍덩 빠뜨려 호기 있게 마시던 시절도 있었다. 지금 시점에서 보며 어처구니없는 이야기처럼 들린다.

이 소설은 그 시대를 배경으로 쓰인 것이다. 술상무가 존재하고 룸살롱과 단란주점이 호황을 누리던 시절 이야기다. 호시절처럼 보이지만 그건 일부에 국한된 이야기다. 대부분 샐러리맨은 가정과 직장의 경계선에서 허우적거리며 살았다. 살아남은 사람은 지금 흔히 말하는 '꼰대 상사'가 되었을 것이다.

옳고 그름을 따지기보다는 그땐 그랬다는 이야기다. 돌아보니 우리도 힘들었다.

비곗덩어리

*

밥그릇 안으로 커다란 비곗덩어리가 굴러 들어온다.
"그냥 삼켜둬라. 추운 겨울에는 배 속에 기름기라도 있어야 든든한 법이다."
어제 삼겹살에서 떼어낸 비곗덩어리다. 버리기 아까워 김치찌개를 끓일 때 넣었다. 크기가 부담스러워 국물만 우려내고 버리려 했다.

김치찌개 국물로 밥 한 그릇을 거뜬히 비워낸 엄마가 욕실로 들어간다. 하얀 기름 덩이를 입에 넣고 몇 번 우물거리다 그냥 삼켰다. 남겨놓으면 한마디 할지 모른다. '사내놈 입이 그리 짧아서야.'
그릇을 대충 헹궈놓고 안방으로 들어간다. 바닥에는 아직 이불이 그대로 깔려 있다. 그 속으로 파고든다. 날씨가 풀렸다지만 이른 새벽이라 춥다. 난방비를 아끼느라 보일러를 약하게 틀어놔서 바닥은 찬기만 겨우 면할 정도다.

엄마가 내의 차림으로 안방으로 들어온다. 복숭앗빛 내의 덕분에 방 안이 환해진다. 샤워해서인지 엄마의 두 볼이 발그레하다. 내복 차림으로 화장대에 앉아 화장을 시작한다. 로션을 손바닥에 대고 탁탁 털어서 얼굴에 문지른다. 플라스틱 화장품 케이스를 뒤적이더니 동그란 콤팩트를 집어 든다. 스펀지로 얼굴을 토닥토닥하자 잔주름이 감춰진다. 이번에는 흑갈색 연필로 눈썹 위를 쓱, 쓱 그어댄다. 민둥산이었던 눈 위에 까만 눈썹이 생겨난다. 립스틱을 꺼내 밑동을 돌리자 빨간 속살이 톡, 튀어나온다. 속살을 입술에 대고 문지른다. 입술 주름을 메우려고 윗입술과 아랫입술을 비벼댄다. 침을 빨아들이는 소리가 몇 번 나자 입술이 빨갛게 물든다.

엄마가 화장하는 모습을 자세히 보기는 처음이다. 늙은 마술사를 보고 있는 느낌이다. 화장이 끝나자 서랍 안에서 드라이기를 꺼내 든다. 격자로 된 입구에서 열기가 뿜어 나온다. 뜨거운 열기는 내가 누운 곳에서도 느껴진다. 브러시를 집어 든 엄마가 엉치뼈까지 내려온 긴 머리카락을 거침없이 빗어댄다. 브러시에 하얀 머리카락이 한 움큼 엉겨 붙는다. 엄마는 머리를 능숙하게 틀어 비녀로 고정한다.

단장을 마친 엄마가 준비해놓은 옷을 끌어당긴다. 내복 위에 추리닝 바지를 입고 그 위에 두툼한 기모바지를 입는다. 상의는 잔꽃 무늬 티셔츠와 누빔 조끼 그리고 울 스웨터를 걸친다. 마지막으로 두툼한 자주색 파카를 걸치고 나를 향해 돌아선다. 양쪽 귀가 허술하다. 나는 내 회색 목도리를 가져와 엄마 목에 둘둘 말아준다. 이 정도면 어디에 있어도 추위를 막을 수 있다.

"어찌 좀 답답하다. 이 정도로 추운 날씨는 아닌 것 같은데."
엄마가 창문 밖으로 떨어지는 함박눈을 보며 말한다. 나는 못 들은 척하고 엄마 발에 두꺼운 양말을 신기고 그 위에 덧버선을 씌운다. 채비를 마친 엄마가 현관으로 간다. 옷을 많이 입어서인지 신을 신는 게 쉽지 않다. 한참을 끙끙거려 겨우 발을 끼워 넣는다.

"냉장고에 있는 딸기 상하기 전에 얼른 먹어라."

엄마가 현관문을 열고 나가면서 말한다. 아차, 싶었다. 아침 식사 후 드리려고 준비했는데 깜박했다. 이가 시원치 않은 엄마가 먹기에 좋을 만큼 잘 익은 하우스 딸기다. 어제 저녁을 제대로 대접 못 한 게 마음에 걸려 남은 돈을 탁탁 털어 샀다. 그걸 잊고 있었다.

"잠깐, 엄마."

아까부터 이것만 신경을 쓰고 있었다.

"이거."

뒤에 숨기고 있던 성경책을 슬그머니 내밀었다. 손이 조금 떨린다. 부끄러워 그럴 것이다. 엄마는 어릴 적 내 심성이 아주 고왔다고 했다. 인생이 변하듯 심성도 변한다. 엄마는 고개를 끄덕이며 성경책을 가슴에 품었다.

"그리고…."

말을 삼킨다. 꿀꺽, 목구멍으로 침 넘어가는 소리가 크게 울린다.

현관문이 닫히자 베란다로 나가 엄마를 배웅한다. 19동 앞을 지나가는 엄마의 모습이 보인다. 엄마는 펭귄처럼 뒤뚱거리며 걷고 있다. 금방이라도 눈길에 미끄러질 것만 같다. 춥지 않겠지. 눈이 저리 많이 오는데 춥지 않겠지. 저리 두껍게 입었으니 춥지 않겠지. 그토록 추웠던 한파가 물러가고 오랜만에 함박눈이 내리는 날인데도 나는 물에 빠진 개처럼 덜덜 떨고 있다.

비곗덩어리 | 131

이런 날 아이들과 눈싸움이라도 했으면 좋겠다. 아이들을 본 지 오래다. 아내를 마주할 용기가 없다. 나를 향해 이글거리던 눈빛이 아직 눈에 선하다. 손은 아물었을까? 선연한 피가 뚝뚝 떨어지던 손은 어떤 식으로든 상처가 남을 것이다. 내 심성이 변하듯 아내도 변할 수 있다는 사실을 그날 처음 알았다.

술에 취해 집까지 어떻게 왔는지 모른다. 중간, 중간 필름이 끊어지고 이어지고, 낯선 곳을 걷다가 눈에 익은 거리를 걷다가 아파트 놀이터까지 왔다. 위를 올려다보니 집에 불이 켜져 있었다. 아내와 마주하는 게 두려워 불이 꺼지기만 기다렸다. 춥지만 않으면 벤치에 앉아 그냥 밤을 새우고 싶었다. 하지만 알코올도 뼛속까지 스며드는 한기를 막기는 역부족이었다. 더는 참기 어려워 불이 꺼지자마자 벤치에서 일어났다.

집 안은 조용했다. 조심하려 했지만 비틀거리는 바람에 몸이 계속 벽에 부딪혔다. 벽을 더듬어 스위치를 올렸다. 식탁 앞에 아내가 눈을 감고 앉아 있었다. 식탁 위에 빈 소주병이 보였다. 아내는 술을 전혀 마시지 못한다. 그런 아내 앞에 소주병이 놓여 있다. 나는 아무 말도 못 하고 서 있을 수밖에 없었다. 아내가 눈을 떴다. 나를 쳐다보는 아내의 눈에서 시퍼런 불꽃이 일었다. 입술이 부들부들 떨리는 게 보였다. 내가 알던 아내의 모습이 아니었다. 낯선 사람과 마주한 느낌이다. 아내가 일어섰다.

"그래, 시팔 놈아. 너만 술 먹냐. 나도 술 먹었다."

아내의 입에서 튀어나온 말이다. 이어 '와장창' 하는 파열음이 귓전을 때렸다. 식탁 위에 있던 소형카세트가 주방 수납장을 들이박았다. 그걸 신호로 광란의 질주가 시작됐다.

수납장에 있던 접시가 요란한 소리를 내며 쏟아졌다. 아내는 손에 잡히는 대로 집어 던졌다. 벽에 부딪힌 접시가 사정없이 깨졌다. 사기그릇은 파편이 되고, 스테인리스 그릇이 팽이처럼 바닥을 굴렀다. 주방이 일 분도 안 돼 초토화됐다. 아내의 분노가 사그라지지 않고 거실로 옮겨갔다. 벽에 세워놓은 3단짜리 아동용 책장이 뒤집히고 책상에 있던 모니터가 엎어졌다. 화병을 집어 던지려는 아내의 손을 붙잡았다.

"제발, 다시는 술 안 먹을게."

내가 할 수 있는 말은 이 말밖에 없었다. 아내의 손에서 흘러나온 피가 내 손등을 적셨다. 안방에 갇힌 아이들이 문을 두드리며 울어댔다. 경비실과 연결된 인터폰이 요란하게 울어댔다.

*

함박눈을 맞은 엄마가 금방 눈사람으로 변했다. 하얗게 변한 세상은 사물을 구별하는 게 의미 없다. 자주색 파카도 고동색 기모바지도 하얀색으로 보인다. 엄마가 점점 줄어들어 새끼손가락보다 작아졌다. 저리로 쭉 가면 굴포공단이 나온다. 새벽이면 지방에서 자재를 싣고 올라온 트럭이 쉴 새 없이 공단 앞 도로를 지나간다.

교회는 공단 너머에 있다. 엄마가 보이지 않자 방으로 들어갔다. 엄마가 없는 집은 쓸쓸하다. 다시 누울까 하다 그만뒀다. 엄마를 생각하면 눕는 게 죄스럽다. 엄마 방으로 들어갔다. 내가 온 뒤 엄마는 안방을 내주고 작은 방에서 지내고 있다. 어제 청소를 해서 방 안은 깨끗하다. 바닥에는 황토색 자석요가 깔려 있다. 신경통과 관절염에 좋다고 해서 오래전에 사 드린 것이다. 겨울이면 자랑이라도 하듯 바닥에서 치워지는 법이 없다.

요 위에 찬송가가 펼쳐져 있다. 찬송가와 성경책 중 어느 것이 좋을지 망설였다. 찬송가가 가볍기는 했지만 깊이는 성경책이 나을 거로 생각했다. 금박으로 장식된 훌륭한 성경책이 엄마를 천국까지 무사히 인도해줄 것이다. 옆에 두꺼운 대학 노트와 다리가 펼쳐진 돋보기가 보였다. 요즘 엄마는 성경책 필사에 열심이다. 모나미 볼펜으로 비뚤비뚤 써놓은 성경 구절이 보였다. 말라기 3장이다. 구약이 끝나고 신약으로 넘어가는 참이다. 노트 위에 찬송가를 올려놓고 찬송가 위에 돋보기를 올려놓았다. 이렇게 꾸미자 필사가 계속 이어질 것만 같다.

방 한구석에 있던 고동색 손가방을 집어 들고 방을 나왔다. 손가방을 열자 약봉지와 캡슐 약이 보였다. 빨간색 경질 캡슐은 관절염

약인 글루코사민, 회색과 적색의 이중 캡슐에 든 것은 혈액순환제인 플루나리진, 연두색 알약은 위궤양 치료제인 시메티딘. 깨알같이 적힌 설명서를 읽어가며 약을 성분별로 분류했다. 마지막 남은 조제약 봉투를 찢어 내용물을 꺼냈다. 반 쪼개놓은 일자형 알약, 살구색 육각형 알약, 당의가 씌워져 반질반질한 알약. 그리고 백색 정제의 타원형 알약.

주머니에서 비닐봉지를 꺼내 백색 알약과 비교했다. 현관을 나설 때 엄마한테서 받은 것이다. 씩씩한 엄마는 새색시처럼 얼굴을 붉히며 나에게 비닐봉지를 건네주었다. 두 약은 크기도 모양도 똑같았다. 비닐봉지를 다시 주머니에 집어넣고 손가방에서 꽃무늬가 새겨진 동전 지갑을 꺼냈다. 꼬깃꼬깃 접은 만 원권 두 장과 천 원권 일곱 장 그리고 동전이 잔뜩 들어 있다. 돈은 그대로 두고 경로우대증과 주민등록증만 챙겨갔다. 신분증은 있어야 한다는 내 말을 엄마는 잊지 않았다.

*

"김 서방한테 전화가 왔었다. 도대체 수희한테 무슨 짓을 한 거냐?"
엄마가 단단히 화가 났다. 내가 직장을 그만둘 때도, 집이 넘어갈 때도 아무 말 하지 않았던 엄마였다. 모두 내 잘못이다. 생각이 짧았다. 한 달이면 해결될 줄 알았다. 아무리 사채이자가 높다고 해도 한 달 정도는 문제가 되지 않을 거로 생각했다. 보증인이 있어야 한다는 말에 수희를 불러냈다. 나보다 열 살이나 어린 수희는 나를 무척 어려워했다.

"이놈아, 아무리 힘들어도 그렇지. 수희를 끌어들이면 안 되잖아. 걔가 얼마나 힘든지 알잖아. 그 착한 김 서방이 나한테 화를 다 내더라."

한쪽 다리를 저는 수희는 스물다섯 살에 결혼했다. 우리 집에 택배를 왔다가 수희를 만난 김 서방은 수희에게도 엄마에게도 나에게도 참 잘했다. 수희가 다리를 저는 것이 자신의 죄인 양 미안해하는 엄마처럼 김 서방도 서른일곱이라는 자신의 나이가 죄인 양 미안해했다. 평생 엄마 곁에 있을 줄 알았던 수희가 아이까지 나서 행복하게 살고 있었다. 그걸 내가 무너뜨렸다. 우리 집은 그렇다 치더라도 수희네만큼은 살려야 했다. 피시방에 갔던 것도 그 때문이다. 엄마가 나서기 전에 장기라도 팔았으면 했다.

돈을 보자, 술 생각이 난다. 아내의 말대로 난 중독이다. 술 때문에 이 지경이 되고서도 여전히 술을 마시고 있다. 여기 와서도 매일 술을 마신다. 저녁이면 소주를 사서 공원 벤치에 앉아 취하도록 마셨다. 어제저녁에는 모처럼 술을 마시지 않았다. 만 원짜리 한 장이 있었지만, 저녁 찬거리를 준비하는 데 썼다.

마지막 한 끼라도 대접하고 싶었다. 엄마하고 지낸 한 달 동안 반찬은 된장찌개와 김치, 거기에 권사님이 주셨다는 짠 조개젓뿐이었다. 무엇이 좋을지 한참을 고민한 끝에 삼겹살을 굽기로 했다. 엄마는 고기를 좋아했다. 옛날에는 삼겹살을 상추에 싸서 곧잘 드셨다. 내가 이 지경이 된 지금은 고기를 사 먹을 여력이 없다. 건강을 위해서도 가끔 단백질을 섭취해야 한다.

상추 한 봉지를 사고 나머지로 삼겹살을 샀다. 수입산 덕분에 둘이 먹을 만큼 살 수 있었다. 소화불량에 시달리는 엄마를 위해 밥물을 넉넉히 했다. 고기에 붙은 비계를 떼어내어 김치찌개를 끓였다. 된장과 고추장을 섞어 쌈장도 만들었다. 쌈장에 다진 마늘과 설탕을 조금 넣었다. 엄마가 대청소하는 동안 나는 이렇게 저녁 준비를 했다.

오랜만에 집 안에 고기 냄새가 풍겼다. 흐뭇했다. 오랜만에 찾아온 작은 행복이었다. 밥상을 차려놓고 엄마와 마주 앉고 보니 생각지도 못한 실수가 드러났다. 이가 망가진 엄마가 고기를 씹지 못했다. 고기를 잘게 썰어주었지만 몇 번 우물거리고는 손바닥에 뱉어냈다. 엄마 위(胃)만 생각하고 이를 생각 못 한 나에게 화가 났다.

"괜찮다. 너나 많이 먹어라. 너도 고기 맛본 지 오래잖아. 사내놈은 이럴 때일수록 뱃구레가 든든해야 하는 법이야."

비계를 넣은 김치찌개가 있어 다행이었다. 밥상을 물릴 때 보니 고기는 내 배 속으로 다 들어가고 엄마는 비계 국물만 먹었다.

엄마의 지갑에서 만 원짜리 한 장을 꺼내 밖으로 나왔다. 솜처럼 부푼 눈송이가 무더기로 떨어지고 있다. 태어나서 이렇게 탐스러운 눈송이는 처음 본다. 엄마의 발자국은 눈에 묻혀 흔적조차 없다. 한 발 내딛자 발목까지 푹, 빠지는 바람에 몸이 중심을 잃고 휘청거린다. 걷기보다는 미끄러지듯 눈을 밀치며 길을 찾았다.

눈 때문에 도로인지 인도인지 구분할 수 없다. 사고가 나도 수긍할 만한 날씨였다. 편의점은 버스 정류장 옆에 있었다. 한 정거장을 걸어가야 하지만 눈 때문에 춥지 않다. 함박눈이 오는 날은 춥지 않을 거라 말한 사람은 나였다.

"저게 고려장 아니냐?"
"으응."
장롱에 기대어 TV를 보던 나는 엄마의 물음에 '으응' 하는 소리만 냈다. 자막을 읽으려고 TV에 바싹 붙어 있는 걸 보면 엄마는 영화에 푹 빠져 있는 게 분명했다. 나는 건성으로 화면을 보고 있었다. 오전에 다녀온 피시방 생각을 하느라 영화에 신경을 쓸 정신이 아니었다.

"아무리 먹을 게 귀한 산골이지만 산 사람을 저렇게 버리는 게 말이 되냐."
엄마가 못마땅해했다. 고려장과 비슷한 풍습이다. 환갑을 맞은 노인들을 지게로 져다가 깊은 산속에 버렸다. 식량이 귀한 산골 마을의 오랜 관습이었다. 고난의 행군 시절 북한도 저랬다고 했다. 아이를 살리려고 노인들이 자진해서 굶어 죽는다는 기사를 읽은 적이 있다.

"근데, 쟤는 지 에미를 버리고 나서 뭐가 저리 좋다고 춤을 추냐?"
빈 지게를 진 사내가 덩실덩실 춤을 추며 산에서 내려오고 있다.
"그게요. 눈이 내리잖아요. 함박눈이요. 눈이 오면 춥지 않잖아요. 사내는 산속에 버리고 온 엄마가 춥지 않을 거로 생각하니 기분이 좋아서 그런 것 같아요."
"그래."
엄마가 고개를 끄덕였다.
"눈이 오면 덜 춥기는 하지. 함박눈이 내리면 말이야."
계속 고개를 끄덕이는 바람에 엄마의 하얀 머리카락이 몇 올 풀려서 나풀거렸다.

술을 사서 아파트 뒤편에 있는 공원으로 갔다. 나무 몇 그루와 벤치 서너 개가 전부인 곳이다. 공원이라고 부르기 민망할 정도로 초라했다. 그래도 나에게는 둘도 없는 보금자리다. 후미진 곳이라 길고양이만 오갈 뿐 사람은 그림자도 보이지 않았다.

나는 매일 이곳에서 술을 마신다. 늘 앉던 벤치 위로 눈이 수북이 쌓여 있다. 손으로 벤치 위의 눈을 쓸어내렸다. 맨손에 눈이 닿자 몸이 오그라든다. 벤치에 앉아 소주병을 꺼냈다. 손이 얼어 뚜껑을 돌리기가 쉽지 않다. 결국 두 손을 사타구니에 집어넣어 녹인 다음 겨우 뚜껑을 땄다. 빨간 딱지가 붙은 것은 다른 소주보다 알코올 도수가 높았다. 그래서 이것만 마신다.

술이 한 모금 들어가자 금방 기분이 좋아진다. 아내의 말처럼 난 중독이 확실하다. 술이 없으면 살 수 없는 인생이 되고 말았다. 평범했던 내 인생이 어디서부터 틀어진 걸까. 아내가 나에게 적금을 쥐여주었을 때, 아니면 주식을 시작했을 때, 그놈을 만났을 때, 아니면 수희를 앞세워 사채를 끌어 썼을 때. 그때마다 내 인생이 조금씩 무너져갔다.

적금이 만기가 되자 아내가 시청 안에 있는 새마을금고가 이율도 괜찮고 비과세가 된다며 나에게 돈을 맡겼다. 오랜만에 만져보는 목돈에 나는 흥분했다. 새마을금고에 일 년을 넣어봤자 2%의 이율도 안 됐다. 그때는 주식이 활황기에 있었다. 조금 가지고 있었던 주식이 하루에도 몇 %씩 올랐다. 2%라면 물가상승률도 못 미쳤다. 아내의 소심함을 비웃으며 몰래 주식에 투자했다.

일 년 후에 새마을금고 이율만큼 아내에게 주고 나머지는 내 비자금을 쓸 속셈이었다. 아내 몰래 돈 쓸 곳이 많았다. 혼자 사는 엄마한테 용돈도 드려야 하고, 한 달에 서너 장씩 날아드는 청첩장이나 부고에도 생색을 내야 했다. 공무원 월급으로 사람 도리를 하며 살기 어려웠다.

활황세가 계속된다면 일 년 후에는 수익이 내 연봉만큼 불어날 것만 같았다. 그러나 세상은 만만치 않았다. 경제 환경이 급속히 나빠지면서 주식이 떨어지기 시작했다. 수익은 고사하고 원금마저 줄어들기 시작했다. 하루가 다르게 줄어드는 돈을 보면서 속이 탔다. 손실 보전을 위해 우량주를 팔고 흔히 말하는 '잡주'에 손을 댔다. 인터넷에서 떠도는 소문에 매달렸다.

친환경 기업에 선정되어 대규모 투자 협정서를 체결했다느니 신기술 개발 특허를 받았다느니 하며 급등하는 종목들에 들어갔다. 이상하게 내가 들어가면 바로 하한으로 떨어졌다. 물론 상한을 치는 기쁨도 맛보았지만, 제때 차익 실현을 하지 못했다. 손절매 타이밍을 놓치기 일쑤였다. 한 달이 지나자 원금마저 반토막으로 줄어들었다.

나는 거의 미칠 지경이 되었다. 원금을 찾으려고 미수를 했고, 미수금을 막으려고 카드를 돌렸다. 장중에는 컴퓨터에 매달려 있었고 장이 끝나면 밖에 나가 밤늦도록 술을 마셨다. 일은 뒷전이었다. 한동안 감싸주던 과장도 동료도 모두 돌아섰다. 결국 문서실로 발령이 나서 자리를 보전하기도 힘든 상태가 되었다.

그때 놈을 만났다. 시장실이 있는 6층에서 내려오는 놈과 계단에서 마주쳤다.
"야 너 정말, 오랜만이다. 니가 여기 근무하고 있는 줄 알았으면 너한테 부탁하는 건데. 시장이 우리 큰형 고등학교 동창이잖아. 옛날 우리 집에도 자주 놀러 와서 잘 아는 사이야. 그래서 부탁 좀 하려고 왔는데 계속 회의 중이라네. 차나 한잔하자."
고등학교 동창이었던 놈과는 거의 이십오 년 만이었다. 지하 매점에서 마주 앉았다.

"내가 아르헨티나에서 곱창을 수입하고 있는데, 컨테이너가 인천 세관에 걸려 있어. 뭐 통과야 되겠지만 하루하루가 돈 아니냐. 요즘 같은 불황에는 고기보다는 곱창 같은 부산물이 더 잘 팔려. 물건 가져가려고 업자들이 돈 싸 들고 대기하고 있는데 이게 통과가 돼야지. 시장한테 인천 세관에 아는 사람 있으면 힘 좀 써달라고 왔는데, 만나기가 여간 힘든 게 아니네."

"시장님한테 그런 부탁은 하루에도 수십 건이야. 아마 비서실에서 일부러 따돌렸을 거야."

"그래, 너 혹시 아는 사람 없냐? 한 달 걸린다는데, 일주일 안에만 통과시켜 주면 내가 사례는 섭섭지 않게 할게."

나는 얼른 주위를 둘러보았다. 다행히 아는 사람은 없었다.

"내가 세관에 근무하는 것도 아니고 어떻게 알아. 다시는 그런 소리 하지 마. 누가 들으면 오해하겠다."

하면서도 혹시 인천 세관에 연줄이 닿을 만한 사람이 없나 생각해 보았다.

그 후 놈과 자주 만났다. 놈은 시청에 들어올 적마다 나를 만나고 갔다. 가끔 저녁에 만나 술도 마셨다. 그놈과 이야기하면 돈 버는 일이 너무 쉬워 보였다. 주식으로 날린 돈을 만회하려고 좋은 투자가 있으면 나도 끼워달라고 했다.

"그럼, 너도 한번 해볼래. 실은 이 사업, 세 명이 함께 하고 있거든. 셋이 돈을 투자해 컨테이너를 채우는 거지. 구찌가 크니까 혼자는 벅차. 내가 수입 거래처 상대하고 통관 업무까지 하니까 문제될 건 없어. 하나 들어오면 이것저것 다 제하고도 딱 배 남는다. 두 달에 한 건씩 하니까, 생각 있으면 다음 달부터 투자해봐."

한 건만 잘하면 내가 잃은 돈을 한꺼번에 만회할 수 있다는 이야기였다. 나는 구세주를 만난 기분이었다.

"이거 시청에서 근무하신다니까, 끼워주는 겁니다. 배 사장이 아무리 사정해도 아니 건 아닌데. 이거 자리 잡는데 우리가 얼마나 힘들었는지 아십니까."

두 명의 남자와 만난 것은 일주일 뒤였다. 두 사람은 나의 등장을 못마땅해했다.

"자, 자, 같이 하기로 한 거 기분 좋게 하자고. 대신 나하고 김 선생하고 통관은 책임질게. 적어도 일주일 정도는 당길 수 있어. 서로 상생 좀 하자고. 알아두면 나중에 다 도움 되는 사람이야. 공무원 알아둬서 손해 볼 것 없어."

놈은 초기 투자금으로 삼억을 말했다.

"야, 아무리 적게 잡아도 세 장은 있어야 해. 그 이하는 너무 적어서 안 돼. 너 공무원이잖아. 그 정도는 신용으로 해결할 수 있어. 내가 아는 형님 소개시켜 줄게 가봐라. 바로 돈을 해줄 거야."

놈이 소개해준 사채업자한테 아내 몰래 아파트를 담보로 돈을 빌렸다. 이자는 높았지만 길어야 한두 달이라고 생각하는데, 문제가 생겼다.

"시팔 이거 뭐야. 통관은 둘이서 책임지기로 했잖아."
두 사내가 거칠게 나왔다. 놈은 미안하다고 쩔쩔맸다.
"미안하게 됐어. 나도 이럴 줄 알았나. 시팔, 스팀 좀 쐤다고 식품이 되는 게 말이 되냐고. 다음부터는 그냥 수입해야지. 괜히 업자들 말 듣다가 일이 이리 꼬였네. 나 참!"

업자들이 날 것은 구울 때 나오는 곱이 국산하고 다르다고 익혀줄 것을 요구했다. 놈은 곱창을 포장하기 전에 스팀으로 살짝 익히도록 거래처에 부탁했다. 그런데 통관에서 문제가 생겼다. 익혔다는 이유로 농축산물에서 식품으로 바뀌었다. 식품은 식품안전성 검사를 받아야 했다. 기준치 이하지만 대장균이 나오는 바람에 표본 조사에서 전수조사로 바뀌었다. 조사는 적어도 한 달 이상 걸릴 거라고 했다.

"어차피, 냉동처리 됐으니까. 상할 염려는 없어. 돈이야 한 달 돌렸다고 생각하면 돼. 근데 업자들이 난리야. 가게에서 물건 달라고 하는데 이렇게 막혀버렸으니. 다음 물건 바로 선적작업 들어가라고 했으니까. 보름 후에는 도착할 거야."
두 사내는 투덜댔지만, 통관은 놈과 내가 책임지기로 했으니 아무 말도 하지 못했다. 놈은 선금이 나가야 물건이 선적된다고 사흘 내로 또 돈을 넣어달라고 요구했다. 하지만 아파트까지 잡힌 마당에 돈을 마련한다는 것은 불가능했다.

"그래, 뭐 정 힘들다면 넌 빠져라. 먼저 거는 통관 끝나는 대로 처분해서 돈 넣어줄게."

놈이 이렇게 말하자 애가 탔다. 언제 통관이 될지 모르고 사채이자가 눈덩이처럼 불어만 갔다.

"그러면 조금이라도 넣어봐. 나도 이번 것 틀어막으려니까 돈이 없어. 이번엔 물건만 들어오면 돈을 좀 먹여서라도 일주일 안에 통관시킬 거야."

놈의 말을 믿고 수희를 앞세워 돈을 빌렸다. 돈을 넣어주자 놈은 종적을 감췄다. 그리고 며칠 후 사채업자가 집으로 찾아왔다. 아내가 타준 커피를 마시며 사채업자는 삼 일 안에 돈을 갚지 않으면 경매에 들어간다고 했다.

나는 아무 말도 못 하고 집을 나와 거리를 방황했다. 집에 들어갈 수가 없어 이틀을 밖에서 지내다 술에 취해 겨우 집으로 들어갔다. 그 날 밤 아내는 광란의 질주를 하고 아이들을 데리고 친정으로 갔다.

*

한 병을 다 마시고 비닐봉지에서 한 병을 더 꺼냈다. 눈을 흠뻑 뒤집어썼는데도 전혀 춥지 않다. 엄마는 얼마큼 갔을까. 공단 사거리에서 어느 차가 좋을지 살피고 있을지 모른다. 아니면 이미 도로 한가운데 누워 있을지도. 어느 쪽이든 시간은 오래 걸리지 않을 것이다.

"애야, 그만 일어나라."

엄마가 나를 깨웠다. 일어나자마자 커튼을 젖혔다. 어두컴컴한 창문 밖에 커다란 눈송이가 뚝뚝 떨어지고 있었다. 요즘은 옛날과 달리 기상예보가 잘 맞았다.

"잠은 좀 잤어요? 얼굴이 한잠도 못 주무신 것 같네요."

"요즘처럼 심란한 날에 잠이 쉬 오겠니."

"조금만 기다리세요. 봄이 되면 뭔가 수가 생길 거예요."

속이 보이는 거짓말을 너무 쉽게 했다. 어릴 적부터 내 심성이 고왔다던 엄마 말은 충분히 의심할 여지가 있었다.

"봄이 된다고 뭐가 달라지겠냐. 갈 곳도 없는데…."

엄마가 말끝을 흐렸다.

봄이 되면 보증금에 적금을 보태서 이 임대 아파트를 사려고 했다. 나와는 달리 아내는 야무진 계획을 세우고 있었다. 오 년 전 엄마가 임대 아파트에 당첨되자, 아내는 선뜻 보증금을 마련해주었다.

"오 년 뒤에는 입주자가 우선 매입권이 있대. 이건 다시없는 기회야."

아내는 엄마가 임대 아파트에 입주하는 날 나에게 말했다. 임대계약서에는 오 년의 임대 기간이 끝나면 거주자가 우선 매입할 수 있다고 적혀 있었다. 아내는 오 년 뒤를 생각하고 적금을 들었다.

"그걸 팔아서 우리 아파트와 합치면 더 큰 평수로 이사 갈 수 있어. 어머님도 우리가 모실 수 있을 거야."

정말로 엄마를 모실 건지 알 수 없었지만, 아내는 그렇게 말했다. 차근차근 목표로 향하던 아내의 계획은 나로 인해 한 번에 무너졌다. 그때 아내는 나에게 돈을 맡기지 말았어야 했다. 이제 봄이 오면 이 집도 비워줘야 한다. 나도 엄마도 갈 곳이 없어진다.

취기가 올라왔다. 체중이 빠지면서 주량도 약해졌다. 소주 두 병이면 취하고도 남을 양이다. 하지만 한 병을 더 꺼냈다. 내가 무슨 짓을 하고 있는지 알고 있기에 마시지 않고 배길 수가 없었다.

"수희한테 전화가 왔었다."

멍하니 TV를 보고 있는데 엄마가 말했다.

"네에."

대답이 궁한 나는 대답을 길게 끌었다.

"사채업자가 매일 찾아오는 모양이야. 어떡하면 좋겠냐고 울먹이더라."

"네에."

피시방에 가서 장기 매매를 검색해보고 왔다. 터미널 대합실이나 공중변소에 가서 벽이나 문에 적힌 전화번호로 전화하라는 정보밖에 없었다. 돈만 준다면 간도, 콩팥도, 심장도, 다 떼어줄 수 있었다. 퇴직금으로 수희네 빚을 갚았다면 이렇게까지 내몰리지는 않았다.

일시불로 신청한 퇴직금이 통장에 들어온 순간 마음이 흔들렸다. 퇴직하고 나서 피시방에서 주식만 들여다보고 살았다. 카페에도 가입해 정보를 얻고 매매기법도 공부했다. 주식 시장이 살아나고 있었다. 종잣돈만 있으면 자신이 있었다. 밀린 이자만 넣어주고 수희에게는 조금만 더 참으라고 했다. 하지만 수익이 생각처럼 쉽게 나지 않았다. 오르락내리락하는 주가에 조바심이 났다.

한 방이 필요했다. 남들처럼 한가하게 용돈이나 벌 상황이 아니었다. 수희 빚을 갚고 장사라도 하려면 밑천이 필요했다. 차트를 들여다보면 한두 달에 배 이상 뛴 종목이 한두 개가 아니었다. 제대로 치고 빠지면 가능할 것 같았다. 매일 인터넷에서 주식에 관한 정보를 뒤지고 다녔다. 몽골에서 금광개발을 하는 회사가 금맥을 발견했다는 소문이 들렸다. 이틀째 상한을 치고 있었다. 아무래도 작전 냄새가 농후했다. 카페에서는 의견이 분분했다. 삼 일째 되던 날 주식 매입에 들어갔다. 하루만 먹고 나올 생각이었다.

오전에 상한으로 간 주가가 오후에 하한으로 떨어졌다. 한 번은 반등이 있을 거로 생각하고 물타기를 시작했다. 사흘 동안 내리꽂던 주가는 허위 공시로 관리종목으로 지정되더니 상장폐지가 되었다. 주식을 시작한 지 딱 한 달 만에 퇴직금이 날아갔다. 그사이 사채업자가 다시 수희를 괴롭혔다. 이번에 수희를 찾아온 사람들은 전과는 달랐다. 짧은 머리에 문신을 한 사람들은 아예 수희네 집에 드러누웠다. 김 서방이 술을 먹고 나에게 욕을 해댔다.

"어떡하면 좋죠?"

나는 칠십이 넘은 엄마에게 이렇게 되물었다.

"어떡하면 좋겠니?"

엄마가 편지 봉투를 내밀며 이렇게 물어왔다. 사각봉투 겉장엔 권옥순 권사라는 이름과 전화번호가 적혀 있었다. 열어보니 보험증서가 들어 있었다.

"권사님이 하도 들어달라고 해서 오래전에 들어놓은 건데…."

약관 내용을 살펴보았다. 사고로 인한 사망 시, 옆에 있는 금액에 눈이 고정되었다.

"어머니!"

나는 어머니라는 말밖에 할 수 없었다.

"그 말이 맞는 것 같다. 누가 죽어야 한다면 오래 산 사람이 죽는 게 맞지."

"어머니!"

나는 평소에 부르던 '엄마' 대신 어머니라고 부르며 아무 말도 하지 못했다.

"북한에서도 애들을 살리려고 노인들이 먼저 굶어 죽었다고 니가 말하지 않았니."

"어머니!"

우린 한참을 불편하게 앉아 있었다.

"수희한테 주거라. 그동안 일은 모두 용서할 테니까. 이번만은 꼭 수희에게 주거라."

나는 눈물을 참으면 고개를 끄덕였다.
"그래 눈이 오는 날이 좋겠어. 함박눈이 오는 날로 하자. 함박눈이 오면 날씨가 따뜻하잖니."
더는 앉아 있을 수가 없어 도망치듯 밖으로 나왔다. 콩팥이라도 팔 수 있었다면 어떡하든 말렸을 것이다. 터미널 공중화장실에서 적어온 두 개의 핸드폰 번호는 신호만 갈 뿐 아무도 받지 않았다.

그때를 생각하자 눈물이 나 견딜 수가 없다. 눈이 내리는 것만큼 눈물도 하염없이 흘러내린다. 함박눈이 온다고 지게를 지고 춤추던 사내 모습이 떠오른다. 나는 그 사내보다 못한 놈이다.

엄마의 마지막 희망마저 빼앗고 말았다. 주머니에서 비닐봉지를 꺼냈다. 봉지에는 하얀 알약이 열 개 들어 있었다. 인터넷 검색란에 약에 새겨져 있던 영문자를 치자, 성분과 효능이 나왔다. 졸피뎀, 수면 치료제. 엄마는 조제약에서 이 하얀 알약만 따로 빼내 비닐봉지에 모았다. 그리고 이 약을 먹고 조용히 잠들려고 했다. 나는 내 고왔던 심성이 또 한 번 변해야 한다는 걸 알았다. '그리고 자살은 안 돼.' 삼켰던 말을 힘들게 토해냈다. 엄마는 끄덕이며 비닐봉지를 나에게 넘겨주었다.

손바닥에 놓인 알약을 보고 있자니 삼키고 싶은 생각이 간절해진다. 피시방에서 들여다본 전광판은 온통 새빨간 색으로 도배돼 있었다. 반등이 시작됐다. 내가 처음 가지고 있었던 종목들을 살펴보았다. 그대로 가지고 있었으면 두 배는 벌 수 있었다. 가슴이 쓰렸다. 온종일 전광판 숫자만 머릿속에 가득했다. 보험금이 얼마 나올지 계산을 해보았다. 마지막으로 한 번만 더 배팅해보고 싶었다. 주식이 떨어져도 너무 떨어졌다. 다시없는 기회였다. 보험금이 들어온다면 수희에게 주기로 한 약속을 지킬 자신이 없었다.

이 약은 자신을 따라오라는 엄마의 마지막 선물일지도 모른다. 내가 죽는다면 수희는 빚에서 벗어날 수 있다. 더는 생각할 것도 없었다. 나는 약을 입 안에 털어 넣었다. 약이 많아서인지 목에 걸렸다. 물 대신 소주를 들이켰다. 알약이 목구멍을 타고 넘어가는 게 느껴진다. 배 속까지 도달한 것을 확인하고 눈을 감았다. 죽는다는 게 생각보다 어려운 일은 아니었다. 나 같은 놈은 죽는 것보다 사는 게 더 힘들었다.

다리를 펴고 벤치 위에 몸을 바로 눕혔다. 몸 위로 따뜻한 함박눈이 쌓였다. 이대로 잠이 들면 끝이 난다. 약 기운 때문인지 술기운 때문인지 정신이 가물가물해진다. 멀리서 트럭이 지나가는 소리가 들려온다. 눈 속에 누워 있는 엄마를 향해 사정없이 달려드는 육중한 트럭이 떠오르자 나도 모르게 벌떡 일어나서,
"어머니!"
하고 소리치고 말았다.

배 속에서 뭉클한 게 올라왔다. 식도를 타고 올라온 하얀 덩어리

가 입 밖으로 튀어나왔다. 소화가 안 된 비곗덩어리가 하얀 알약과 함께 눈 위에 떨어졌다. 헛구역질을 몇 번 하자 속의 것이 쏟아져 나왔다. 새벽에 먹었던 밥까지 깨끗이 게워냈다. 갑작스러운 토악질에 목구멍이 끊어질 듯 아팠다. 턱밑으로 흘러내리는 침을 닦고 고개를 들어보니, 어느새 눈이 그치고 아침 햇살이 아파트 사이를 비집고 벤치 앞까지 내려와 있었다.

(끝 / 미발표작)

작품에 대해

앞서 우리 세대는 경제적으로 힘난한 파고를 몇 번이나 넘었다고 말한 적이 있다. 그때마다 위기였고 기회였다. 다들 한탕주의에 눈이 벌게져 이성을 잃고 물욕에 탐했다. 성공한 자도 있고 나락으로 떨어진 자도 있었다.

이 소설은 후자 이야기다. 살면서 경제만큼 우리를 괴롭히는 게 무엇이 있겠는가? 다 같이 가난한 시대에는 가난은 불편한 일상이었다. 그러나 가난이 상대적으로 변하면서 가난은 괴로운 일상이 되었다.

사내는 괴로운 가난에서 벗어나기 위해 탐욕을 부린다. 그러나 현실은 녹록지 않다. 대부분 사람들이 그랬듯이 그도 나락으로 떨어지고 만다.

1998년 IMF, 911테러, 2000년 초 IT 버블 붕괴, 카드대란, 서브프라임 모기지 사태 등 많은 기회이자 위기가 우리에게 닥쳤고, 그때마다 우리를 시험에 들게 했다.

지금은 비트코인으로 상징되는 가상화폐가 다시 한번 우리를 시험하고 있다. 욕망이라는 이름의 전차가 우리 앞에서 질주하고 있는 것이다. 초기에 올라탔으면 좋았을 텐데… 라는 상상이 내가 할 수 있는 최대한이다.

우리를 시험에 들지 말게 하옵시고 다만 가난에서 구원하소서!

황금일출

1

 이제 내리막길만 타면 동해안이다. 새벽에 스튜디오를 나와 캔 커피 하나로 졸음을 쫓으며 고속도로를 달렸다. 슬슬 눈이 감겨오기 시작했다. 엄지손가락으로 관자놀이를 지그시 눌러봤다. 그러나 잠은 쉽게 도망가지 않았다. 바닷바람이라도 쐬면서 가야 할 것 같았다. 요금소를 빠져나와 7번 국도를 탔다. 멀리 집어등이 새하얀 빛을 내며 바다 위에서 출렁거렸다.

 졸음을 쫓기 위해 창문을 내렸다. 차창 사이로 바람이 밀려 들어왔다. 차가운 바람을 깊이 들이마셨다. 오염된 폐에 소금기가 스며들자 기침이 터졌다. 한번 시작된 기침은 멈춰지지 않았다. 차를 도로변에 세우고 짙은 가래를 한 움큼 뱉었다. 그제야 기침이 그쳤다. 부걱거리는 속을 다스리기 위해 의자를 젖히고 등을 기댔다. 의사가 니코틴으로 시꺼멓게 그을린 사진을 보여줬지만 담배를 끊고 싶은 생각은 없었다.

 속이 가라앉자 다시 차를 몰았다. 이제 조금만 더 가면 추암이 나온다. 인터넷으로 노추산 절골을 검색하자 정선이 나왔다. 순간 머릿속에 추암이 떠올랐다. 동해안에 들렀다가 정선으로 가려면 한참 돌아야 했다. 그래도 추암에 들러 일출을 찍고 싶었다. 추암에서 보았던 황금 일출을 한 번도 잊은 적이 없었다.

'삼척'이란 글자가 적힌 안내판이 스쳐 지나갔다. 그렇다면 먼저 지나친 간판이 추암일 것이다. 차를 돌려야 했지만 그러지 못했다. 동해안을 찾을 때마다 추암을 가겠다고 마음먹었지만 한 번도 가지 못했다. 이번에도 추암을 지나치고 말았다. 개운치 못한 기분으로 내리 달렸다. 얼마나 내려갔을까? '맹방'이라 쓰인 철제 입간판이 눈에 띄었다.

급히 속력을 줄이고 좁은 입구로 들어섰다. 입구는 잡풀이 우거져 초라했는데 막상 들어서고 보니 잘 닦여진 도로가 나타났다. 양옆으로는 어른 키만 한 가로수가 깨끗하게 손질되어 있었다. 이렇게 잘 다듬어진 도로가 나 있다는 건 십중팔구 군부대가 있기 마련이다. 아니나 다를까, 구멍이 숭숭 뚫린 철조망이 보이기 시작했다. 이쪽으로 들어온 것을 후회했다. 철조망에 매달려 바다를 볼 생각은 추호도 없었다.

유턴해서 돌아갈까 말까 망설이던 중에 노란색 주의 표식과 함께 갈림길이 나왔다. 맹방, 덕산. 지체 없이 덕산 쪽으로 방향을 틀었다. 어둠 속을 한참 달렸다. 갑자기 환한 불빛이 눈앞을 가로막았다. 차를 세우고 창문을 내렸다. 철모를 쓴 군인이 다가왔다.

"죄송합니다만, 12시 이후에 이곳에 들어가시려면 신분증이 필요합니다."
"이곳으로 가면 어디가 나옵니까?"

"포구입니다. 덕산포구가 나옵니다."
"해수욕장이 아닌가요?"
"해수욕장은 이쪽이 아니라. 저 밑에서 왼쪽으로 꺾어야 합니다."
 군인이 막 지나온 어둠 속을 가리켰다. 신분증을 집어넣고 차를 돌렸다. 집이 보이기 시작했다. 전조등 불빛 사이로 민박이라 쓰인 간판이 스치고 지나갔다.

 담장 옆에 차를 붙이고 밖으로 나왔다. 사방이 어둠이었다. 어느 쪽이 바다인지 알 수 없었다. 어둠이 가신 다음에 움직일 수밖에 없었다. 차 안으로 들어가 의자에 몸을 기댔다. 잠시 눈을 붙이려 했지만 잠은 오지 않고 사내의 목소리만 생각났다.

 '그래, 더 이상 말하지 않겠네. 그년을 만나고 싶다면 노추산 절골로 찾아오게. 사월 여드레가 초파일이니까, 일주일 후면 보름일 걸세. 그때 보자구. 보름이라 달빛이 밝을 게야. 산골이지만 달빛만 있으면 찾아오는데 어렵지 않을 게고. 내 자세한 얘기는 이미 말했으니 두말하지 않겠네.'

 오늘이 음력 사월 보름이다. 저녁에 보자고 했으니 일출을 보고 간다 해도 시간은 넉넉했다. 수미와 만난 날도 보름달이 환하게 뜬 날이었다. 늦은 밤인데도 불구하고 병풍바위 아래에 누웠던 수미 얼굴이 생생하게 기억나는 건 보름달 덕분이었다.

수미를 처음 만난 곳은 강원도 외진포구였다. 3년 만에 별신굿이 열린다는 소식을 듣고 한걸음에 달려갔다. 사진전에서 처음 받은 상이 씻김굿에서 찍은 사진이었다. 접신이 된 박수무당이 돼지 피에 버무린 재물을 정신없이 탐하고 있었다. 고무 통에 머리를 박고 아귀처럼 식탐하다가 고개를 든 순간 셔터를 눌렀다.

두 눈은 돌아가 흰자만 보이고, 입 안에는 시뻘건 피로 흠뻑 젖은 사과가 물려 있었다. 무언가에 씌우지 않고서는 도저히 지을 수 없는 표정이었다. 영적 세계를 제대로 잡았다는 평을 받았다. 그 뒤로 굿이 있다는 소식을 들으면 종종 찾아가서 사진을 찍곤 했다.

어렵게 찾아간 포구에서 큰 무당이 사진을 찍으면 그만둔다고 하는 통에 굿마당에 카메라를 가져갈 수 없었다. 마을 사람들이 굿마당에 드나드는 사람들을 감시했다. 하루 이틀 지나면 누그러지지 않을까 해서 굿이 끝나는 날까지 자리를 지켰지만, 소용없었다. 금기가 풀린 뒤풀이 놀이마당에서 찍은 사진 몇 장이 고작이었다. 삼 일 동안 치러진 굿에 비해 너무 초라한 성과물이었다.

"해 뜨는 걸 보려면 병풍바위가 제일이래요. 오늘 용왕님께 물밥도 많이 풀고 굿도 잘 마쳤으니 낼부터는 날씨도 좋을 거래요."

다음 날 떠나야 하는 나는 답답한 마음에 일출 사진이라도 한 장 가져갔으면 했다. 그래서 물어본 말에 민박집 아주머니가 시원하게 대답해주었다. 늦은 밤이었지만 달빛도 밝고 딱히 할 일도 없고 해서 산책 겸 답사에 나섰다.

 아주머니가 일러준 대로 바닷가 송림을 따라 한참을 올라갔다. 나지막한 언덕을 넘자, 소나무 길이 끊어지고 갯질경이가 지천인 해변이 나왔다. 질경이 사이로 난 모랫길을 따라 걸어가자 시커먼 바위가 앞을 가로막았다. 어둠에 묻혀 전체 크기를 가늠하기 어려웠지만 백사장을 가로막을 정도로 거대했다.

 바위 중간에 사람이 하나 들어설 만한 틈이 있었다. 그사이로 몸을 집어넣자 작은 길이 보였다. 길이 만만치 않아 바위를 손으로 짚어 가면 겨우 올라갔다. 위는 집터처럼 넓고 평평했다. 앞쪽 바다에서 하얀 포말이 솟구쳤다.

 바다를 보기 위해 걸음을 옮기다가 움찔했다. 앞쪽에 까만 형체가 보였다. 먼저 온 사람이 있었다. 인기척을 냈는데도 형체는 꼼짝하지 않고 앉아 있었다. 약간 거리를 두고 바위 끝으로 다가갔다.

 병풍바위는 넉넉한 품으로 바다를 품고 있었다. 바위 끝에 서서 밑을 내려다보았다. 바위에 부딪힌 파도는 하얀 거품을 일으키고는 어둠 속으로 사라졌다. 어림잡아도 수십 미터는 넘어 보였다. 떨어진다면 생명은 고사하고 시체조차 찾기 어려울 것이다. 병풍바위의 또 다른 별칭이 자살바위라고 했던 민박집 아주머니 말이 떠올랐다.

"밤늦게는 가지 않는 게 좋을 거래요. 병풍바위 주변에서 죽은 사람들의 혼이 떠돈다는 소문이 자자해요. 큰 굿이 벌어졌으니 한을 풀어달라고 귀신들이 더 설칠 거래요."

그래서인지 깊은 어둠 속에서 망자의 원통한 울음이 울려왔다. 바다에서 불어오는 거센 바람이 바위에 부딪혀 내는 소리와 어울려 애달프게 들려왔다. 제명에 죽지 못한 귀신들이 병풍바위를 벗어나지 못한 채 한을 쏟아내고 있는 것이다.

평상바위에서 날아간 엄마의 혼도 바닷속을 떠돌고 있을 것이다. 조각난 기억이 머릿속을 맴돌기 시작했다. 이른 새벽 집을 나서는 엄마의 뒷모습. 뒤쫓아 나간 독구가 엄마를 향해 짖는 소리. 그리고 엄마가 나간 대문을 바라보며 힘없이 우는 아이 모습. 아이 눈동자에서 엄마가 사라지자 아이가 방문을 박차고 엄마를 쫓아 나간다. 아이가 엄마에게 바투 따라붙어 손을 내밀자 엄마는 붕, 떠오르더니 나비처럼 훨, 훨 하늘로 날아오른다. 엄마….

나도 모르게 입에서 신음이 새어 나왔다. 뜨거워진 눈시울을 식히기 위해 고개를 치켜들었다. 하늘에는 수많은 별이 촘촘히 박혀 있었다. 바다에는 파도가 겹겹이 층을 이루며 밀려왔다.

일출을 찍기에는 더없이 좋은 장소였다. 거리가 있어 일출 시간에 맞게 도착하려면 아침 일찍 서둘러야 했다. 늦었지만 답사 나오기를 잘했다는 생각이 들었다. 카메라를 설치할 만한 자리가 있는지 둘러보며 담배를 꺼내 물었다.

"아저씨 나두 담배 한 대만 줘."

죽은 듯이 앉아 있던 그림자가 나를 향해 고개를 돌렸다. 긴 머리카락이 바람에 날렸다. 애써 무시하고 있었는데….

어쩔 수 없이 담배를 가지고 여자 쪽으로 다가갔다. 옷차림새를 보아 애당이 틀림없었다. 담배를 받아든 여자가 몸을 기울여왔다. 라이터 불빛에 드러난 얼굴은 뒤풀이 술판에서 보았던 젊은 무녀였다.

삼 일 동안 계속됐던 굿이 끝나자, 굿을 주관했던 무당들과 마을 사람들이 어우러져 술판이 벌어졌다. 금기와 긴장이 풀린 탓인지 술판은 쉽게 달아올랐다. 분위기에 휩싸인 마을 남자들이 젊은 무녀를 불러댔다. 놀이 굿에서 보여준 젊은 무녀의 춤과 소리가 마을 남자들의 마음을 사로잡았던 것이다.

술에 취한 애당이 부채를 들고 사람들 가운데로 나섰다. 애당은 능숙한 몸놀림으로 부채를 펼치고 창부타령을 부르기 시작했다. 환호성이 마을을 들었다 놓았다. 타령에 이어 유행가로 넘어가면서 술판은 절정으로 달아올랐다. 젊은 사내부터 중늙은이까지 애당을 둘러싸고 어깨춤을 추기 시작했다.

나는 놀이판을 돌아다니며 흥이 난 사람들의 표정을 잡았다. 가장 많이 잡힌 사람은 화려한 무복을 입고 있는 애당이었다. 그녀 주위에 사람이 많아 앵글 안에 오롯이 넣기가 힘들었다. 사람들을 비집고 겨우 애당 앞으로 다가갔다. 몸 사위를 하던 애당이 나를 보고 눈웃음을 흘렸다. 무릎을 굽히고 카메라를 올렸다. 셔터를 누르기도 전에 누군가가 앞을 막았다. 고개를 들어보니 사내가 앞에 서 있었다.

사내는 굳은 얼굴로 나를 노려보았다. 치켜뜬 눈에서 형형한 안광이 쏟아져 나왔다. 부르르 떠는 두 팔은 당장에라도 나의 멱살을 잡아챌 것만 같았다. 굿마당에서 신들리게 장구를 치던 재비였다. 카메라를 내리자 사내는 바닥에 침을 뱉었다. 그리고 애당을 향해 고개를 돌렸다.

애당은 사람들에게 둘러싸여 있었다. 사내는 사람들을 밀치고 애당의 손목을 낚아챘다. 애당을 끌고 가려는 사내와 말리려는 사람들 사이에 작은 실랑이가 벌어졌다. 사내의 기세에 사람들이 물러섰다. 사내는 애당을 끌고 어디론가 가 버렸다. 애당이 사라지자 흥이 깨져버렸다. 마을 사내들은 무리를 지어 술을 마셨다.

눈언저리에 말라붙은 자국이며 입가에 붙은 피딱지는 그간에 사정을 짐작게 했다. 세찬 바람 탓에 쉽사리 불이 붙지 않았다. 여자가 한 손으로 바람막을 하며 몸을 더 기울여 왔다. 물빛 저고리 사이로 하얀 가슴골이 보였다. 불이 붙자, 여자는 깊은 한숨과 함께 담배연기를 내뿜었다. 입에선 술 냄새가 물씬 풍겼다. 여자는 다시 바다를 향해 고개를 돌렸다.

"당할머니는 사진을 찍으면 혼이 실려 나간대. 그래서 사진을 못 찍게 하는 거야. 나는 그렇게 생각 안 해. 아저씨, 대신 나, 사진 찍어줄래."

여자의 갑작스러운 제안에 나도 모르게 침을 꿀꺽 넘어갔다. 여기서 그녀를 찍는다면, 어쩌면 이번 사진전에 보낼 작품을 건질 수도 있었다. 어깨에 멘 카메라 가방을 잡고 하늘을 올려다보았다. 보름달은 충분히 밝았다.

"지금 말고. 이 얼굴로 사진 찍고 싶지 않아. 아침에 찍어줘. 대신에 지금은 술이나 한잔 사줘."

여자가 비틀거리며 일어섰다. 취한 탓인지 몸이 많이 흔들렸다. 여자는 내 대답을 듣지 않고 내리막길로 내려섰다. 휘청거리는 뒷모습을 보니 부축이라도 해야 할 것 같았다. 올라오는 길이 험했다. 내려가는 길도 쉽지는 않을 것이다. 취기가 있는 여자가 내려가기 무리였다. 나는 여자의 뒤를 따랐다. 여자의 발걸음이 계속 엇갈렸다. 구를 것 같다는 생각이 드는 순간 여자가 앞으로 고꾸라졌다. 재빨리 여자의 팔을 낚아챘다. 그러고는 겨드랑이 사이로 손을 집어넣어 부축했다. 여자는 기다렸다는 듯이 몸을 던져왔다. 얼음장같이 차가운 몸이 가슴팍에 부딪혔다.

"아저씨는 참 따뜻하네. 난 따뜻한 사람이 좋아."

여자가 두 팔로 내 허리를 감싸며 말했다. 여자의 까만 머리카락이 코 밑으로 다가왔다. 긴 머리카락에서 올라온 냄새가 콧속으로 사정없이 파고들었다. 오랜만에 맡아보는 여인의 내음이었다. 여자의 입에서 뿜어 나오는 뜨거운 입김이 가슴을 타고 목덜미로 올라왔다. 여자의 젖가슴이 갈비뼈를 지그시 눌러왔다. 반도 못 내려왔는데 호흡이 가빠졌다. 여자를 끌어안다시피 해서 걸음을 옮겼다.

한 발 한 발 조심스럽게 바위를 디디며 밑으로 내려왔다. 운동화 바닥이 부드러운 모래가 닿자 안도의 한숨이 나왔다. 모래사장에 서서 여자를 똑바로 세워보려 했지만, 여자는 내게서 떨어지려 하지 않았다. 내 몸도 이미 뜨겁게 달아올라 있었다.

바람막이 후드를 벗어 모래 위에 깔고 여자를 눕혔다. 외진 곳이라 파도 소리 외에는 아무것도 없었다. 정신없이 여자를 끌어안았다. 술 냄새 풍기는 여자의 입속을 헤집으며 치마 속을 더듬었다. 추위에 떨던 여자도 따뜻한 몸이 급했는지 내 어깨를 세게 끌어안았다. 부드러운 속살이 손끝에 닿자, 여자가 몸을 움찔하더니 이어 낮은 신음을 토해냈다.

부드러운 손길이 내 등을 서서히, 아주 서서히 쓸고 내려왔다. 등골을 타고 내려오는 따뜻한 감촉이 느껴지자 긴장이 풀어졌다. 나는 천천히, 아주 천천히 여자의 몸 위를 오갔다. 그리고 서서히 감겨오는 희열 속에 몸을 맡겼다.

 다음 날 아침 민박집에서 눈을 떴을 때 여자는 가고 없었다. 아침에 사진을 찍겠다던 여자는 한여름 밤의 꿈처럼 긴 여운을 남긴 채 말없이 사라졌다. 서울에 가려 했던 나는 떠나지 못하고 온종일 민박집에서 뒹굴며 여자와의 하룻밤을 헤아렸다.

 병풍바위에서 민박집까지 돌아오는 도중 몇 번이나 걸음을 멈추어 섰던가. 편의점에서 산 소주를 나누어 마시며 무슨 이야기를 그리 오래 했던가. 새벽녘이 돼서야 들어간 이불 속에서 또 얼마나 많은 몸짓이 오갔던가. 정리되지 않은 기억을 추스르며 지갑에서 빠져나간 지폐 몇 장과 명함이 재회의 끈으로 이어지길 바랐다. 서울에 와서도 여자에 대한 생각을 지울 수가 없었다. 한동안 지독한 독감을 앓는 기분으로 지냈다.

 설핏 든 잠결 속에서 흐느끼는 소리가 들렸다. 높낮이가 없어진 낮은 흐느낌이 끝도 없이 이어졌다. 뒷산에서 울려 퍼지던 애달픈 가락은 마르고 갈라진 대통 소리로 변해갔다. 누군가 대문을 여는 소리에 눈을 떴다. 방문 틈으로 밖을 내다보았다. 산발한 엄마가 마당으로 들어서고 있었다. 독구가 검은 꼬리를 흔들었다. 나는 귀신을 본 것처럼 얼어붙었다. 문풍지 구멍으로 엄마가 사라진 행랑채를 지켜보았다. 한동안 기척이 없자, 안도의 한숨을 쉬고 자리에 누웠다. 그러나 미닫이 여는 소리가 들렸을 때 눈물이 왈칵 쏟아졌다. 엄마가 다시 집을 나가려 한다. 독구가 엄마를 따라가며 짖어댔다. 문고리를 잡고 눈물을 닦으며 그렇게 혼자 울고 있었다.

"자이야. 무선 꿈 꿨냐? 이리 할매한테 온나."
 쪽 찐 머리를 풀어놓은 할머니가 부스스 일어났다. 장님처럼 푹 파진 눈을 힘들게 뜨고 앉은뱅이걸음으로 다가와 손을 내밀었다.
 엄마, 할머니 손을 밀치고 방문을 박차고 나갔다. 독구가 앞장서서 달렸다. 독구를 따라 달리며 소리쳤다. 엄마….

 입에서 터져 나온 '엄마' 소리에 놀라 나도 모르게 눈을 떴다. 의자를 올리고 고개를 추슬렀다. 머릿속이 혼란했다. 나비처럼 가볍게 날아오른 엄마 잔상 위로 퉁퉁 부어오른 또 하나의 형체가 겹쳐왔다. 환영을 떨치기 위해 고개를 세차게 흔들었다. 창밖은 어둠이 물러나고 있었다. 서둘러 카메라 가방을 메고 삼각대를 꺼내 들었다.

 바닷가로 가는 길은 찾기 쉬웠다. 마을을 에워싼 소나무 숲을 지나자, 바로 백사장이 나왔다. 이른 새벽이라 해변에는 아무도 없었다. 밀려오는 파도만이 하얀 물보라를 선명히 보여주고 있었다. 주위를 둘러보았다. 백사장 끝에 묵화처럼 숨어 있는 바위가 보였다. 바위 주변에는 날카로운 조개껍데기가 다닥다닥 붙어 있었다. 바위 주위를 맴돌다 갈라진 틈을 이용해 겨우겨우 올라섰다. 다행히 바위 위는 평평했다. 카메라를 설치하고 그 옆에 주저앉아 날이 밝아오기만 기다렸다. 주위가 조금씩 환해지고 있었다.

수미와 함께 보았던 장엄한 황금일출을 생각하자 가슴이 두근거렸다. 두 눈 가득히 쏟아지던 수십만 개의 금빛 화살을 다시 한번 보고 싶었다.

"일어나 봐. 곧 해가 뜰 것 같아. 물빛이 변하고 있어."

수미가 방문을 활짝 열어놓은 채 소리쳤다. 오랜 시간 운전을 했고, 또 밤늦게까지 섹스를 했기 때문에 모든 게 귀찮았다.

"봐, 보란 말이야. 해가 뜬다니까. 해가 뜬단 말이야."

수미가 무지개를 처음 본 아이처럼 들뜬 목소리로 말했다. 마지못해 눈을 떴으나 눈부심으로 미간을 찌푸려야만 했다.

방 안은 금빛 햇살이 가득했다. 수미는 알몸으로 바닥에 배를 깔고 태양을 향해 카메라를 들이대고 있었다. 수미에게 다가가 어깨를 감싸며 카메라를 내렸다.

"파인더에서 눈을 떼. 잘못하면 실명할 수 있어."

하지만 나도 바다에서 눈을 뗄 수가 없었다. 거기에는 거대한 등줄기가 찬란한 빛을 내며 꿈틀거리고 있었다. 출렁이던 황금물결 사이로 황금빛 머리가 솟아올랐다. 금룡이 금빛 화살을 힘차게 뿌리며 하늘로 날아올랐다. 금빛 화살에 맞은 모든 사물은 순식간에 황금으로 변했다. 어느 것 하나 반짝이지 않는 게 없었다.

어느새 일어났는지 수미가 문지방을 밟고 서 있었다. 황금빛으로 물든 수미의 나신은 또 하나의 눈부심을 자아냈다. 손으로 잡은 문설주만 놓는다면 금방이라도 금빛을 뿌리며 태양을 향해 날아갈 것만 같았다. 장엄한 일출과 눈부신 나신이 빚어낸 절묘한 조화에 모든 사물은 숨을 죽였다. 나 또한 수미 뒤에서 꼼짝도 못 한 채 바라보고 있었다. 바닥에 놓인 카메라가 보였지만 움직인다면 안정된 구도가 깨질 것 같아 차마 손을 뻗지 못했다.

금빛이 사라진 후에도 수미는 한동안 꼼짝하지 않고 서 있었다. 수미에게 다가가 어깨에 손을 얹으려고 하자 수미가 고개를 돌렸다.
"날고 싶어. 날아가고 싶어."
나는 날아가지 못하도록 수미 어깨를 꽉 움켜쥐었다.

그 후, 장엄했던 일출 광경은 내 뇌리에 각인된 채 사라지지 않았다. 그때의 감동을 되살려보려고 몇 번이나 동해안을 찾았지만 그때의 감동을 한 번도 재현하지 못했다. 그것은 촛대 바위 앞에 자리한 민박집의 절묘한 위치와 수미의 나신 없이는 이루어질 수 없는 미장센이었다. 그러기에 수미를 찾을 때까지 추암에 가기가 두려웠다. 섣불리 갔다가 마음속에 남아 있는 희망마저 무너진다면 나로서는 참기 어려운 절망에 빠질 것이다. 수미 없이 그때의 감동을 얻기란 쉽지 않다는 걸 알고 있었다. 하지만 동해안을 찾을 때마다 미련을 버리지 못하고 이렇게 카메라를 고정시키고 있는 것이다.

주위가 점점 붉어질수록 심한 갈증을 느껴졌다. 혀 밑으로 고이는 말간 침을 몇 번이고 삼켰는지 모른다. 그래도 목은 가랑잎처럼 칼칼하기만 했다. 바다가 부글부글 끓는 쇳물처럼 빨갛게 달아올랐지만 해가 좀처럼 떠오르지 않았다. 조바심에 가슴은 터질 것만 같았다. 아랫입술을 지그시 깨물고 가슴을 진정시키는 사이 지평선 위로 주먹만 한 불덩이가 솟아올랐다.

그 순간 머릿속엔 '잉걸불'이란 단어가 떠올랐다. 저건 황금 햇살을 가진 태양이 아니라 한낱 이글거리는 숯불에 지나지 않았다. 아무리 많은 잉걸불이 바닷속에서 솟아오른다 해도 장엄한 태양과는 견줄 수 없었다. 바다를 시뻘건 핏빛으로 변화시킬 순 있어도 태양처럼 황금빛으로 물들일 순 없었다. 심한 허탈감에 빠졌다. 오늘도 실패다. 결국, 황금일출을 보기 위해선 수미를 데리고 추암에 가야만 했다.

황금일출을 보는 데 실패했지만 실망하지 않았다. 수미를 만난다면 그래서 다시 추암으로 간다면 촛대바위 위에 수미를 올려놓고 그때의 장엄한 일출을 보리라. 두 팔을 활짝 벌리고 금빛을 뿌리며 태양 속으로 날아가는 수미의 눈부신 나신을 볼 수 있으리라.

상상 속 일출은 생각만으로도 황홀했다. 상상하면 할수록 더해지는 황홀감에 모든 신경이 마비되고 오직 한 가닥 말초신경만이 꿈틀댔다. 그래서 하복부가 팽창하면서 발끝에 힘이 들어가는 줄 몰랐다. 정신을 차린 것은 노란 빗금이 쳐진 과속 방지턱을 발견하고 나서였다.

덜컹, 과속방지 턱을 넘은 차가 허공으로 떠오르다 곤두박질쳤다. 힘껏 브레이크를 밟았다. 끼이익, 브레이크 소리가 조용한 도로 위에 비명처럼 울려 퍼졌다. 빙그르르 돌아간 차가 노란 중앙선을 물고 겨우 멈춰 섰다. 다행히 지나가는 차가 없었다.

차를 도로가에 붙이고 밖으로 나왔다. 하늘은 맑았다. 따사로운 햇볕이 한가롭게 내리쬐고 있었다. 차에 기대어 얼굴에 쏟아지는 햇살을 즐겼다. 연한 햇살이 기분 좋게 얼굴을 어루만졌다. 손에 잡히는 강아지풀을 뜯어 까칠까칠한 감촉을 느껴보았다. 강아지풀은 손가락 사이로 빠져나가기 위해 꿈틀댔다. 강아지풀을 도로 위로 던져버렸다. 검은 아스팔트 위에 녹색 점 하나. 괜히 기분이 좋아졌다.

차체에 등을 기대고 앉았다. 깔고 앉은 자갈에서 따스한 온기가 올라왔다. 졸음이 쏟아졌다. 눈을 감았다. 인생의 종착역에 도착한 늙은이처럼 고개를 끄덕이며 졸기 시작했다. 얼마나 잤을까. 목 언저리가 간지러웠다. 눈을 뜨자 쭉 뻗은 다리 사이로 개미 행렬이 보였다. 일부가 사타구니를 타고 올라오고 있었다. 일어서서 몸을 털었다.

손목에서 따끔, 하는 통증을 느꼈다. 왼쪽 손목에 작은 불개미 하나가 살점을 붙들고 있었다. 허리를 반으로 오므린 채 사력을 다해 물고 있는 모습이 섬뜩했다. 어쩌면 수미 말이 맞는지도 몰랐다. 이렇게 탐욕스러운 놈이라면 충분히 그럴 수 있었다. 수미와 섹스를 할 때면 수미의 얼굴은 심하게 일그러졌다.

"아파서 그래. 머리가 너무 아파서 그래. 그놈이 또 움직이기 시작했어. 평상시에는 죽은 듯 가만있다가 오르가슴으로 내 뇌가 가장 맛있게 부풀어 오를 때면 천천히 기어 나와 뇌를 파먹기 시작해. 어릴 적 귓속으로 들어간 개미가 아직 나오지 않고 있는 거야. 난 어릴 적에 밖에서 잠을 많이 잤어. 아침에 일어나 보면 내 몸에선 끝없이 개미가 기어 나왔어. 그때 나오지 않은 놈이 있어. 그동안 내 뇌를 파먹고 통통하게 살이 찐 모습이 지금도 눈동자에 선명히 비쳐. 미안해. 하지만, 너무 아파서 그래."

그 말은 들은 후 수미에게 섹스하자고 말하기가 어려웠다. 간혹 한밤중에 사타구니를 움켜쥐고 돌아누워 있으면 수미가 다가와 어깨를 잡으며 속삭였다.
"하고 싶으면 해. 괜찮아. 정말이야."
그러면 한참을 망설이다 수미를 안았다. 섹스 도중 수미 얼굴을 보면 여전히 찡그리고 있었다.

개미는 여전히 손목을 물고 있었다. 개미를 가볍게 짓이겼다. 형체도 찾아볼 수 없이 뭉그러진 개미가 손끝에 묻어났다. 개미를 털어버리고 차에 올랐다. 짧은 수면이었지만 피곤했던 몸이 훨씬 개운해졌다.

구절리에 도착했을 땐 점심이 한참 지난 오후였다. 역 앞에 차를 세우고 안으로 들어갔다. 무료하게 신문을 넘기던 젊은 역원이 힐끗 쳐다보더니 고개를 돌렸다. 플랫폼 안으로 들어가려 하자 역원은 표를 사라는 손짓을 했다. 화장실에 가고 싶다는 몸짓으로 대신했다.

 바깥으로 돌아가라고 다시 손짓했지만 못 본 척하고 안으로 들어갔다. 화장실은 역사를 끼고 반 바퀴 돌자 나왔다. 바닥에 낀 누런 황태만큼이나 샛노란 오줌을 지리고 나와 역원에게 절골로 가는 길을 물었다.

 "역 앞에 있는 안내간판 보세요."
 자신의 말을 무시한 게 화가 났는지 역원은 신문에 코를 박은 채 고개도 들지 않았다. 역을 빠져나와 마을로 들어섰다. 메마른 도로에서 흙먼지가 일었다. 좁은 이차선 옆으로 늘어선 상점이 보였다. 아직 점심을 먹지 못했다. 흙먼지를 뒤집어쓴 간판을 읽어가며 천천히 차를 몰았다. 여러 개의 식당을 지나쳤지만 마음에 드는 메뉴가 없었다.

 편의점이 보였다. 삼각김밥으로 간단히 때우는 것도 나쁘지 않을 것 같았다. 편의점은 어느 곳이나 똑같아서 마음이 편했다. 얼음 컵에 아메리카를 쏟아붓고 편의점 파라솔에 앉았다. 주먹밥을 하나 가지고 나왔지만 손이 가지 않았다. 쓴 커피가 들어가서인지 공복감이 없어졌다. 안내 간판대로라면 절골을 얼마 남지 않았다. 사내는 수미의 소재를 알고 있다고 했다. 수미 생각을 하자 가슴이 저려왔다.

수미가 찾아온 것은 이듬해 겨울이었다. 새해연휴가 얼마 남지 않아 스튜디오 안은 여권 사진을 찍으려는 사람들로 아침부터 북적였다. 구청 앞에 자리한 스튜디오는 추석연휴 이후로 최대의 대목을 맞이했다. 나는 하루 종일 셔터를 눌러대고 사진을 재단해야 했다. 구청이 문 닫을 시간이 돼서야 겨우 한숨을 돌릴 수 있었다.

그때까지 밖에 눈이 오고 있는 줄 몰랐다. 의사가 계속되는 기침에 담배를 끊어야 한다고 했지만 일과 후 커피 한 잔과 담배 한 대는 참기 어려운 유혹이었다. 늘 그랬듯이 문을 닫기 전에 테이블에 기대어 느긋하게 유혹을 음미했다. 갑자기 문이 열리며 찬바람이 들어왔다. 간판 불을 내렸기에 방심하고 있던 터라 그녀가 스튜디오 안으로 들어와 눈을 털 때까지 그냥 멍하니 바라보고 있었다.

"눈이 많이 내리네. 구청에서 여기까지 걸어오는데 두 번이나 미끄러졌어."

담배꽁초를 종이컵에 던지며 급히 일어서는 나를 보고 그녀가 활짝 웃었다. 와인색 캐리어에 묻은 눈을 톡톡 털고 있는 여자는 수미였다. 물빛 저고리 대신 회색 코트를 걸치고 긴 생머리 대신 웨이브가 들어간 파마를 하고 있었지만, 굿마당에서 간드러지게 노래를 부르고 병풍바위 밑에서 나를 받아주었던 수미였다.

"어떻게…."
나는 수미의 갑작스러운 방문에 당황하면서도 한편으로는 두근

황금일출 | 173

거렸다.

"사진 찍어준다고 했잖아. 우린 잠만 잤지, 아직 사진은 못 찍었잖아. 이게 아저씨 가게야?"

수미가 신기한 듯 스튜디오 안을 기웃거렸다. 작업실 안으로 들어간 수미가 벽에 걸려 있는 작품 사진 앞에서 걸음을 멈추었다.

"이건 악귀가 들어와서 그래. 피를 묻히고 죽은 원혼이 구천을 떠돌다 들어왔나 봐. 이렇게 무서운 건 잡신밖에 없어. 장군님이나 신령님 같은 선령이 든 무당은 이렇게 무섭지 않아. 아저씨는 이런 사진보다 나비 사진이 더 어울려. 여기 태양을 향해 날아가는 나비처럼 우아한 사진이 더 잘 어울려."

박수 사진을 보며 찌푸렸던 수미 얼굴이 나비 사진으로 옮겨가면서 환해졌다.

"왜 이 나비만 죽어 있어? 이렇게 침을 박아놓으면 어떡해. 무슨 나비야? 날개가 너무 투명해. 바람에 날려 갈 것만 같아."

나비 사진을 쭉 보던 수미가 상제나비 앞에서 걸음을 멈추었다. 오래전에 자취를 감추었던 상제나비 군락이 영월에서 발견됐다는 소식을 듣고 한걸음에 달려갔다. 희귀종으로 돈이 된다는 것을 안 동네 사람들과 채집가들이 한바탕 휩쓸고 간 뒤라 나비를 찾아볼 수 없었다. 아쉬운 마음에 표본을 갖고 있던 마을 사람에게 부탁해서 한 컷 찍어놓았다.

저녁 시간이라 식당으로 데려가려 했지만 수미는 그냥 쉬고 싶다고 했다. 나는 구청 뒤편에 있는 내 원룸으로 그녀를 데려갔다. 언제 서울에 왔는지 물어봤지만 수미는 빙그레 웃기만 했다. 나의 궁금증 따위는 안중에 없었다. 원룸에 도착하자마자 가방을 풀고 옷장에 자신의 옷을 집어넣었다.

내가 끓여준 라면을 먹으며 당분간 여기서 지내겠다며 일자리를 구해달라고 했다. 일자리를 따로 찾을 필요가 없었다. 그렇지 않아도 사람을 하나 쓰려고 했다. 매년 한창 바쁠 때가 되면 한두 달간 아르바이트생을 두곤 했다. 일이라고 해봤자 출력된 사진을 치수에 맞게 잘라주고, 사진파일을 메일로 손님에게 보내주는 정도였다.

수미가 출근한 날부터 스튜디오는 많은 변화가 생겼다. 타고난 눈썰미와 부지런함으로 가게 안을 들쑤시고 다녔다. 구석에 처박혀 있던 낡은 집기와 잡동사니를 정리하고 나니 어수선했던 가게가 말끔해졌다. 작업실에 있던 나무 의자도 스튜디오 안으로 옮겨졌다. 그 앞에 내가 유혹을 음미할 때 사용했던 바로크풍의 유리 테이블이 놓이고 사탕과 과자가 담긴 바구니가 올라갔다.

실내 정리로만 끝난 게 아니었다. 연휴가 끝나고 가게가 한산해지자, 수미는 나를 끌고 나가 커다란 미농지와 여러 가지 색상의 종이 리본을 사 왔다. 수미는 가위와 풀만 가지고 몇 번의 손놀림으로 화려한 꽃과 여러 가지 모양의 문양을 만들어냈다. 노란 나비가 조명기기 위에 붙고 검은 벨벳 장막 위에 분홍색 월계화가 피어났다. 진짜 생화보다 탐스러운 지화 몇 송이도 천장에 매달렸다.

 스튜디오 안이 환경미화를 끝낸 교실처럼 화사해져만 갔다. 점점 무당집으로 변하고 있는 것 같아 넌지시 이 정도에서 그만하자고 했지만 수미는 아랑곳하지 않았다. 가끔 가게에 놀러 온 대학 친구 놈들은 '네놈이 드디어 꽃가마를 탈 때가 됐구나' 하며 놀려댔다. 수미의 내력을 들은 친구들은 그녀가 진짜 신기가 있는 무녀라면 저편 세계와 소통이 가능할 거라며 이번 기회에 현실 너머 세계를 탐색해 보라고 했다. 그러면서 돈 몇 푼에 연연하지 말고 스튜디오 안을 무당집처럼 꾸미라고 했다.

 '아예 날 보고 사진기 내려놓고 장구나 치라고 하지.' 친구들에게 면박을 주긴 했지만 이런 변화가 싫은 것만은 아니었다. 가끔 가족사진을 찍으러 온 사람들은 색다른 배경을 좋아했다. 특히, 영정 사진을 찍으러 온 노인들은 수미가 해주는 짙은 입술연지며 굵은 주름 사이를 메워주는 두꺼운 화장에 만족해했다.

 여권 사진 외에 별다른 손님이 없던 스튜디오에 인물 사진을 찍어 달라는 손님이 오기 시작한 것은 수미 덕분이었다. 사진전 출품을 위해 모델이 돼달라는 나의 어려운 부탁도 흔쾌히 들어주었다. 화사한 스튜디오 안에서 자신만의 포즈를 취해주었다. 나와 술을 마시다가 취기가 올라오면 옷을 모두 벗어 던지고 자신의 혼을 빼내 가보라고 호기를 부렸다. 만취 상태에서 나는 수미를 카메라에 담았다.

　다음 날 카메라를 들여다보면 눈부신 수미의 나신이 가득했다. 그때가 내 인생에서 가장 행복한 시절이었다. 그러나 행복은 오래가지 않았다. 벚꽃이 지고 구청 담장에 넝쿨장미가 피기 시작하자 수미는 말수가 적어지고 눈에 띄게 침울해져 갔다.

　어느 날 한밤중에 선뜩한 기분이 들어 눈을 떠보니 수미가 방 한 구석에 오도카니 앉아 있었다. 다가가서 얼굴을 만지자 그제야 정신이 드는지 나에게 쓰러져 왔다.

　"잠이 안 와. 잠을 못 자겠어. 밤새도록 엄마가 부르는 소리가 들려. 우리 가게에 가자. 여긴 너무 어두워. 꽃과 나비가 있는 가게로 가자."
　나를 올려다보는 수미의 눈에는 눈물이 그렁그렁했다. 나는 서둘러 수미를 데리고 스튜디오로 갔다. 수미를 위해 형광등뿐 아니라 조명기구까지 모두 켜 스튜디오를 대낮처럼 밝게 만들었다. 수미는 금방 화색이 돌았다. 언제 그랬냐는 듯이 밝은 얼굴로 냉장고에서 맥주를 꺼냈다. 나는 작업실에 두었던 양주를 가지고 나왔다.

　수미가 양주와 맥주를 섞어 폭탄주를 만들었다. 술이 급했는지 수미는 잔을 무섭게 비웠다. 우리는 무언가에 홀린 사람처럼 술잔을 비워냈다. 수미의 얼굴이 붉게 피어났다. 나도 기분이 몽롱해졌다. 수미가 옷을 벗기 시작했다. 나에게도 달려들어 옷을 모두 벗겨버렸다. 알몸이 된 수미가 카메라를 가져와 나에게 주었다. 그러고는 가게 안을 뛰어다니기 시작했다. 깡충깡충 뛰어다니며 천장에 달린 월계화를 잡아채 머리에 꽂았다. 조명기기 위에 있던 노란 나비가 날아올랐다. 바구니에 담아두었던 종이 꽃가루가 허공에 뿌려졌다. 꽃잎이 스튜디오 안에 가득 떠다녔다. 나는 알몸에 사진기만 목에 건 채 수미를 쫓아다니며 사진을 찍었다. 술래잡기를 하듯 좁은 스튜디오 안을 망아지처럼 마구 뛰어다녔다. 나에게 쫓기던 수미가 맥주병을 흔들어 거품을 쏘아댔다. 나도 카메라를 집어 던지고 얼음 잔에 담긴 위스키를 머리 위에 부었다. 가게 안은 부유하는 알코올로 몽롱해져만 갔다.

수미가 지쳤는지 축축해진 소파 위에 길게 누웠다. 나도 그 위로 올라가 몸을 포갰다. 술에 젖은 수미의 몸 위에 몸을 실으며 수미를 보았다. 수미 얼굴은 노래를 부르던 엄마의 얼굴처럼 화사하게 빛을 내고 있었다.

나는 눈물이 나올 만큼 기분이 좋아졌다. 엄마의 얼굴을 기억나게 해준 수미가 고마웠다. 평생 수미의 화사한 얼굴을 지켜주겠다고 맹세했다. 엄마처럼 하늘로 날려 보내는 일은 없을 거라고 다짐했다. 그러나 다음 날 피곤하다며 조금 더 자고 나오겠다던 수미는 가방을 가지고 말없이 사라져버렸다.

사내에게 전화를 받자마자 가장 먼저 떠오른 것은 환하게 웃던 수미의 얼굴이었다. 하지만, 횡설수설하는 사내의 탁한 목소리에 수미 얼굴은 지워졌다. 대신 저 너머 어딘가에서 떨고 있을 수미가 생각나서 가슴이 저려왔다. 그것은 이내 분노로 바뀌었다. 외진포구에서처럼 사내가 수미에게 손을 댔을 거란 생각이 들자 수화기를 잡은 손이 부들부들 떨릴 정도로 화가 치밀어 올랐다. 내 달려가리라. 수미를 찾아 어디든지 달려가리라. 무슨 수를 쓰든 수미를 꼭 찾아오리라.

그때의 분노가 생각나서인지 손에 힘이 들어갔다. 플라스틱 컵이 찌그러지면서 커피가 넘쳐흘렀다. 비닐을 벗겨 주먹밥을 욱여넣고 자리에서 일어섰다. 마을이 끝나는 지점에 나무에 걸린 이정표가 있었다. 절골이라고 표시된 곳을 가기 위해서는 좁을 산길을 올라야 했다. 차가 다닐 만한 길이 아니었다. 공터에 차를 세우고 배낭을 둘러멨다. 이정표가 가리키는 대로 산길을 따라 올라갔다. 길은 갈수록 험해지고 좁아졌다.

방울 소리가 들려왔다. 염소 두 마리가 망태를 멘 노파의 손에 이끌려 내려오고 있었다. 길이 좁아 누군가 비켜야만 했다. 길 가장자리에서 잡풀을 밟고 얌전히 기다렸다. 염소 한 마리가 내 등산화 가죽을 핥으며 잠시 머뭇거렸다. 노파가 갈색 끈을 잡아채자 염소는 울음소리를 길게 내며 마지못해 끌려갔다.

산길은 검은 탄석이 널려 있어 걷기가 쉽지 않았다. 가파른 언덕을 넘자 눈앞으로 넓게 펼쳐진 옥수수밭이 나왔다. 푸른 옥수숫대 너머로 호박 넝쿨이 뒤덮인 움막이 보였다. 지붕에 호박이라도 몇 덩이 달린다면 금방 주저앉을 만큼 낡은 움막이었다. 그래도 사람이 사는지 빛바랜 빨랫줄에 옷가지와 낡은 수건이 걸려 있었다.

마당 한쪽에 있는 샘으로 가서 물을 한 대접 들이켜고 주위를 둘러봤다. 아무런 기척이 없었다. 텃밭 옆 작은 바위에 걸터앉았다. 텃밭에는 찻잎처럼 생긴 이파리가 저녁놀에 조금씩 물들고 있었다.

"집 주위엔 짙은 향이 나는 영모초가 언제나 가득 피어 있어. 그놈은 그게 죽은 사람의 혼을 불러온다고 했어. 그래서 영모초 잎을 잔뜩 말려두고 그림을 그릴 적마다 화로에 집어넣고 연기를 피워댔어. 난 그때마다 향에 질려 숨도 못 쉬고 발가벗긴 채 방구석에서 떨고 있어야 했어. 그놈은 죽은 엄마 혼을 불러오기 위해선 부정한 걸 걸치고 있으면 안 된다고 했어. 자, 맡아봐. 내 몸엔 아직도 그 진한 향내가 남아 있어."

수미가 내 얼굴을 끌어당기며 말했다. 하지만, 거기에는 하얀 젖가슴만 오르내릴 뿐 아무런 냄새도 나지 않았다. 우연히 욕실에서 샤워를 하고 있는 수미를 본 적이 있었다. 수미는 빨간 타월로 피부가 새빨개지도록 몸을 문지르고 있었다.
"문신을 하고 싶어. 내 몸에 향나무를 심고 싶어. 이 진한 냄새를 집어삼킬 커다란 향나무를 새기고 싶어."
나와 눈이 마주치자 수미가 슬픈 얼굴로 말했다. 몇 방울 생산하지 못한 화밀을 개미에게 빨리고 천천히 주름져가는 향나무. 자신을 불태워 마지막 향을 피우고 싶어 하는 향나무. 나는 가끔 수미가 시들어가는 향나무가 아닌가 하는 생각이 들 때가 있었다.

푸드덕, 어디선가 날갯짓 치는 소리가 들렸다. 상념에서 깨어나 주위를 둘러보았다. 기척은 움막 뒤에서 났다. 소리를 쫓아 모퉁이를 돌다 걸음을 멈추었다. 누런 적삼을 걸친 사내가 중국집 주방에나 있음 직한 커다란 칼로 닭 모가지를 내리치는 중이었다. 닭은 목이 떨어졌는데도 여전히 푸드덕거렸다. 사내가 재빨리 사기그릇을 갖다 대고 피를 받았다. 거꾸로 치켜든 목에선 붉은 피가 수돗물처럼 흘러나왔다. 사기는 금세 검붉은 피로 가득했다.

발밑으로 굴러온 닭 모가지를 보자 얼굴이 저절로 찡그려졌다. 사내가 충혈된 눈으로 나를 쳐다봤다. 수염이 가득한 얼굴 사이로 누런 이빨을 드러내며 미소를 지었다. 외진포구에서 만났던 사내는 쉽게 잊을 수 있는 얼굴이 아니었다.

귀밑에서 턱까지 난 기다란 자국은 불에 덴 듯 반질거렸다. 짙은 눈썹 밑에 자리한 두 눈은 잉걸불처럼 이글거렸다. 검은 동공은 무엇이든 꿰뚫어 볼 만큼 날카로웠다. 이 사내가 수미를 숨겼다고 생각하니 분노가 다시 치밀어 올라왔다. 수미를 어디에다 숨겨놓은 것일까. 움막에는 사내 이외에 다른 인기척을 느낄 수가 없었다.

사내는 말없이 돌아앉아 깡통 안에 닭 피를 조심스럽게 붓기 시작했다. 사내의 넓은 등판을 보고 있자니 슬픔이 밀려왔다. 이 무지막지한 사내에게 수미가 당했을 걸 생각하니 가슴이 저려왔다. 사내가 옆에 놓아둔 커다란 칼이 눈에 띄었다. 사내의 넓은 등짝을 칼로 힘껏 내리치는 상상을 해보았다. 닭의 모가지가 댕강 잘렸듯이 사내의 등짝도 짝 갈라질 것이다. 그러나 나에게는 실행에 옮길 만한 배짱이 없었다. 연약한 두 손을 내려다보며 울분을 삼킬 수밖에 없었다.

사내는 뒤에 서 있는 내가 무슨 생각을 하고 있는지 전혀 모른 채 작업에 열중하고 있었다. 사기그릇을 내려놓은 사내가 깡통 속에 약품을 넣고 막대기로 천천히 휘저었다. 그것은 매우 성스러운 작업인 양 신중하고 조심스럽게 이루어졌다. 작업이 끝났는지 사내는 주섬주섬 자리를 정리하고 사기그릇에 배합을 끝낸 물감을 담아 일어섰다. 그리고 따라오라는 듯 고갯짓을 했다. 나는 아랫입술을 꽉 깨물고 사내의 뒤를 따라갔다.

2

"자, 똑바로 앉아보라고. 젊은 사람이 왜 이리 맥이 없어. 우리 술이라도 한잔하면서 얘기할까? 저거 어때, 저기 고리짝 위에 있는 술들은 내가 담근 술이네. 가장 왼쪽에 있는 게 머루주라네. 진짜 산머루주야. 내가 직접 산에서 따다 담근 걸세. 지난가을에 술을 담그려고 부러 시간을 내서 서너 달쯤이 따왔지. 그냥 아무거나 딴 게 아닐세. 뽀얗게 분이 돋은 놈만 골라서 땄어. 저 색깔 좀 보게. 핏물처럼 시뻘겋지 않나. 진짜 농익은 머루가 아니면 나오기 힘든 색깔이 야. 지금쯤이면 맛이 제대로 우러났을 걸세.

어떤가, 저걸로 한잔할까? 싫어, 싫으면 그 옆에 있는 더덕주는 어 때? 잘 보라구 저건 진짜 산더덕이야. 밭에서 재배하는 더덕하고는 상정부터 틀리네. 크기가 내 팔뚝만 한 진짜 왕건이야. 어디서 얻었 냐고? 물론 산에서 캤지. 뱀을 쫓기 위해 막대기로 덤불을 치며 산 에 오르다 문득 짙은 더덕 향기를 맡았지. 자네도 알지. 코끝으로 확, 달려드는 그 짜한 향기. 그게 막대기로 덤불을 건들 때마다 확, 확 풍기는 거야. 그래 잘 살펴보니 더덕줄기가 뻗어 있지 않겠나. 그 끝을 따라가 보니 비스듬히 서 있는 소나무 밑에 꼭 뿌리처럼 숨어 있 더군. 가까이 가서 보니 가운데 배꼽 아래가 휑하니 파여져 그 안에 딱 한 모금 마실 정도의 물이 고여 있더군. 정말 제대로 된 놈을 찾은 게지. 썩은 물이 고인 더덕은 웬만한 산삼 못지않다고 하지. 그놈을 정성스럽게 캐서 여기까지 조심조심 갖고 내려와 그대로 병에 넣고 밀봉한 걸세. 지금 저놈을 뜯으면 방 안에 더덕향기가 가득 찰 걸세.

어때, 저걸로 한잔할 텐가? 저것도 싫어. 그럼 그 옆에 있는 뱀술 은 어때? 자네도 도시에서 왔으니까 뱀이 몸에 좋다는 건 잘 알고 있겠지. 저건 여느 뱀하고는 다르네. 재작년 가을에 산에서 내려오 다 개암나무 밑에서 다람쥐를 한 마리 집어삼키고 있는 저놈을 만났 지. 저 조그마한 입으로 주먹만 한 다람쥐를 반쯤 삼키고 꼼짝도 못 하고 있더군. 난 잠시 서서 저놈이 먹이를 다 삼킬 때까지 기다렸지.

먹이를 다 삼킨 놈이 배가 불러 옴짝달싹 못 하고 있을 때 손으로 조심스럽게 머리를 눌러 잡았지. 쉽게 막대기를 쓰면 되지 않냐고. 안 돼, 만약 상처라도 난다면 술을 담글 수 없게 되거든. 그놈 대가리를 꽉 눌러 달랑달랑 집으로 가져와서 집에 있는 정종을 반 되나 먹였을 걸세. 그러고는 술병 입구에 놔두자, 빨간 혀를 날름거리며 병 속으로 기어 들어가 서너 시간을 그 안에서 꿈틀거리더군. 꽤 독한 놈이지. 저길 보게나. 그때 먹은 게 아직도 소화가 안 돼서 배가 불룩하잖아. 저게 진짜 약이 된다네.

어느 것이라도 좋네. 자네가 좋은 걸 고르게나. 참, 돈은 가져왔겠지? 물론 그년 있는 곳은 가르쳐주지. 너무 서두르지 말게. 내 가르쳐주려고 자네를 이리 부른 게 아닌가. 그년은 여기서 멀지 않은 곳에 있네. 허나, 지금 떠나는 건 무리야. 오늘 밤은 예서 나랑 술이나 한잔하고 내일 아침 일찍 가게나. 어디, 그래 그 정도면 될 걸세. 난 그렇게 돈에 환장한 놈이 아니야. 꼭 필요해서 어쩔 수 없었네. 그년 있는 곳을 먼저 말하라고. 그래 말하지. 말할 테니, 술이나 한잔하세. 자네 얼굴을 보니 안색이 별로 좋아 보이지는 않는군. 역시 뱀술이 낫겠네.

으흠, 이 냄새 좀 맡아보게. 이런 건 돈 주고도 못 구하네. 자, 빨리 한 잔 비우고 잔을 주게. 카아, 역시 진국이야. 자네도 보기보단 술을 잘하네. 자, 한 잔 더 하게. 괜찮아 이게 다 약 아닌가. 역겨우면 뱀은 보지 말게. 오, 자네 담배도 피우나? 제법 맛있게 피우는데.

난 괜찮아, 자네나 피우게. 난 담배를 안 피우네. 오래전에 끊었지. 대신 입이 심심하면 이걸 씹지. 영모초 뿌리라네. 이걸 계속 씹고 있으면 처음엔 씁쓸하다가도 나중엔 달착지근한 물이 고이는 게 꼭 금화 년 몸에서 나던 애액 맛일세.

이걸 씹고 있으면 그년의 농익은 몸매가 떠오른다네. 자네도 한번 씹어볼 텐가? 싫어. 그래도 하나 가져가 봐. 심심할 때 요긴할 거야. 금화 년 그림을 하나 보여줄까? 그게 어디 있더라. 아, 그래 여기 있네. 자, 보겠나. 근사하지. 왜 그리 안색이 변하나. 이건 자네가 찾는 수미 그년이 아냐. 물론 같은 핏줄이라 닮긴 했지만. 어허, 표정 좀 풀게. 왜 피 냄새 때문에 그런가. 그건 어쩔 수 없네. 난 그냥 물감으론 그림을 그리지 않아. 진짜는 닭 피에 아교를 섞어 그려야 한다네.

자, 보게 금방이라도 핏물을 뿌리며 뛰쳐나올 것만 같지 않은가. 이 얼굴을 보게. 물방울이 구를 듯 완만한 이마며, 물결처럼 부드럽게 솟은 콧방울이며, 도홧빛으로 물든 두 뺨, 실핏줄이 훤히 보이는 입술, 그리고 달걀처럼 오므라진 턱 끝. 어디 하나 흠잡을 데가 있나 보게. 게다가 이년이 꿩 깃을 단 빗갓에, 홍천익을 입고 나비처럼 사뿐사뿐 춤을 추기 시작하면 정말 숨이 탁 막혀버릴 정도지. 자네도 그 모습을 한번 봤어야 하는 건데.

그건 그렇고 수미 년하고는 어떻게 만났나? 조심하게. 그년도 지 에밀 닮아서 보통 독한 년이 아니야. 내가 병으로 피를 토하며 죽어갈 때 내 손에 칼질을 하고 도망간 년이야. 아, 아닐세. 자넨 지금 그년에게 눈이 멀었으니 내가 무슨 말을 해도 소용없겠지. 게다가 그년이 내 욕을 많이 했을 거야. 하지만, 그건 믿지 말게. 다 거짓말이야. 그년은 어릴 적부터 몽유끼가 있었어. 아침에 일어나 찾아보면 마당에 엎어져 자고 있질 않나, 풀밭에 뒹굴고 있질 않나, 사람들은 나를 욕했지만 지가 귀신이 들린 걸 어쩌겠나.

내 그년에게 씌워진 지 에미 귀신을 쫓아내려고 영모초를 쐬어주고 닭 피로 씻어줬지만 지 에미가 워낙 독한 년이라 좀처럼 떨어지지 않으니 어쩌겠나. 내 처음 금화를 만났을 때는 그년이 그렇게 독한 년인 줄 몰랐네. 만신당에 탱화를 그려주기 위해 왔을 땐 그저 그림만 완성되면 떠나려 했지. 한밤중에 그 모습만 보지 않았어도….

보름이라 달빛이 밝아 잠을 뒤척이는데 어디선가 노랫소리가 들리지 않겠나. 소리에 이끌려 마당에 나가보니, 금화 그년이 흰 치마 저고리를 정갈하게 입고 평상에 앉아 노래를 부르고 있었어. 달빛에 비친 그 모습은 간담이 서늘할 정도로 요사스럽고 아름다웠지. 시나위 청으로 애달게 불러대는 가락이 산속 깊이 울려 퍼지는데, 그건 정말이지 딴 세상에 와 있는 것 같더군.

한참 넋을 잃고 쳐다보는데 갑자기 그년이 평상에서 벌떡 일어서더니 버선발로 내게 달려오는 게 아니겠나. 난 그때 그년 치마 속이 붉게 물드는 걸 봤지. 그년은 나를 본체만체하고 그대로 지나쳐 신당 아래 있는 샘물 속으로 뛰어들더군. 그러고는 샘물에 몸을 담근 채 천연덕스럽게 노래를 다시 부르기 시작하는 거야. 달빛을 받아 속이 훤히 비치는 샘물 안에선 붉은 핏물이 뭉실뭉실 피어오르고, 머리 위에선 차가운 달빛이 서늘하게 비추고, 쉼 없이 불러대는 그 처연한 노랫가락은 허공을 가득 메우고, 샘물에서 풍기는 비릿한 암내는 사방에 진동했지.

이 모든 것이 한꺼번에 나타나 내 머릿속에 그대로 박히더군. 순간 짜릿한 전율이 척추를 관통하면서 내 몸속에서 무언가가 빠져나가는 걸 느꼈지. 이성을 잃은 나는 샘물로 뛰어 그년 입 안에 백혈을 뿌려댔지. 휴! 지금도 그때만 생각하면 정신이 몽롱해지네.

젊었을 적 불당에다 불을 지른 적이 있지. 화승이 되려고 어렵게 들어간 절에다 말일세. 왜 그랬냐고? 나도 잘 모르겠네. 아무튼, 그때는 미칠 것만 같았지. 자네, 배고픔에 대해 아나? 한 삼 일 굶고 나면 하늘이 샛노래지고 눈에 보이는 건 다 입에 넣고 싶어지네. 마당에 굴러다니는 돌멩이라도 깨물고 싶을 정도로 배 속이 허해지지.

여인에 대한 욕정이 또한 그렇다네. 아랫배에서 스멀스멀거리던 욕정이 솟구쳐 온몸을 감싸게 되면 아무것도 보이는 게 없게 되지. 오직 여인네의 하얀 살결만 떠오를 뿐이야. 사내라는 누구나 그러한 때가 한 번쯤 있다네. 그때가 그랬지. 매일 밤 솟구치는 욕정에 밤새도록 용두질을 하다 문득 정신이 들어 방문을 열어보면 차디찬 새벽녘이곤 했지.

하루는 도저히 못 참고 영산전(靈山殿)으로 달려갔네. 거기에는 괴승 산요가 그렸다는 관음상이 숨겨 있다는 소문이 있었어. 영산재에 쓸 괘불을 그려달라고 초청해온 산요가 젖가슴에 거웃까지 드러난 요염한 나신의 관음보살을 영산전 벽에 그려놓고 갔다는 이야기가 젊은 수행승 사이에 전설처럼 내려왔어. 게다가 영산전은 오래전부터 굳게 닫힌 채 대못을 박아놓아 전설에 대한 신빙성을 더해줬지.

영산전을 몇 바퀴 돌았지만 문이란 문은 모두 덧문으로 못질해놓아 조그마한 틈조차 없더군. 시간은 지나가고, 어떻게 해볼 방법은 없고, 초조하고 화가 나서 견딜 수 있어야지. 그래서 야간 법회에 쓸 횃불을 가져와 불을 붙여 영산전에 던져버렸지. 순식간에 시뻘건 화염이 전각을 감싸더니 불기둥이 치솟더군. 난 그 틈을 타서 문짝을 걷어차고 안으로 들어갔지. 법당 안은 염화 지옥이더군. 천 년을 내려왔다는 녹 푸른 청동 여래며, 사대 보살이며, 오백 나한이며, 수많은 야차까지 모두 불길에 싸여 아비규환이었지.

난 그 시뻘건 불길 속에서도 산요가 그린 관음상을 보려고 안간힘을 썼지. 하지만, 산요의 관음보살은 화염에 가려 제대로 보이지 않았어. 결국, 사람들의 달려오는 소리에 그림은 구경도 못 한 채 정신없이 도망쳐 나왔지.

그 후 내 인생은 떠돌이가 되었네. 그토록 요염하다는 산요의 관음상도 못 보고 염화 지옥만 구경한 채 도망 다니는 인생이 되고 만 게지. 화승이 되어 전국 사찰에 불화를 그리며 살겠다던 내 꿈은 한순간에 날아간 거야. 그래도 산요의 관음상에 대한 미련은 떨칠 수가 없었어. 요염한 관음보살은 어떤 모습이었을까? 저잣거리 요부 같을까? 아니면 명덕(明德)이 담긴 비구니의 숭고한 모습일까? 전국 팔도를 떠돌면서도 내 머릿속에서 떠나지 않던 평생의 화두였네.

그러다 금화를 만난 게야. 붉은 핏물을 뿜어내는 금화의 요염한 모습에서 나도 모르게 산요의 관음상이 떠오른 거야. 입가에 백혈을 묻힌 채 일어선 금화의 모습은 내가 생각했던 관음보살 그대로였어. 몸에 착 달라붙은 옷은 입으나 마나였지. 풍만한 젖가슴에는 머루만 한 검은 꼭지가 그대로 드러났고, 쓸려 내려간 아랫배 밑으로 거뭇한 거웃이 순을 죽이고, 탐스런 넓적다리 사이로는 가는 핏물이 흐르는 게 내가 머릿속에서 상상하던 산요의 관음상 그대로였지.

그녀는 샘물로 입을 한번 헹구고 나를 보더니, 싱긋 미소를 짓더군. 샘에서 나와 돌계단을 오르는 그녀의 뒷모습을 보자 내 안에서 또다시 꿈틀대는 욕망을 느낄 수 있었지. 엉덩이를 흔들며 올라가는 금화를 보며 느껴지는 욕정은 먼저 욕망과는 전혀 다른 거였네. 먼저 뿜어 나온 욕망이 내 혼에서 나왔다면 이번에 솟구치는 욕정은 내 육체에서 나온 거였지. 난 그날 밤 그녀 방으로 뛰어 들어가 날이 새도록 흐드러지게 방사를 했네.

그 뒤로 나는 여길 떠날 수가 없었네. 내 혼을 빼앗아간 그 장면을 어떻게든 그림에 담아보고 싶었어. 그래서 아예 눌러앉기로 했네. 남들은 금화에게 혹해서 그랬다고 했지만, 사실 그 말도 틀리진 않았어. 그날 이후 난 금화에 푹 빠져버렸으니까. 하지만 그년은 그 후로 다시는 내게 그 황홀한 광경을 보여주지 않았어. 자기 몸이 달아오를 때만 나를 방으로 불러들이고, 정작 내가 원하는 건 보여주질 않았어. 내가 아무리 그날 밤에 느꼈던 전율에 대해 이야기해도 무슨 소리인지 모르겠다고 딴청을 피웠어.

수미를 내 호적에 올려달라고 하고, 손님에게 줄 부적을 그려달라고 하고, 굿이 벌어지면 재비 노릇을 해달라고 하고, 온갖 잡일은 다 시키면서도 내 그림에 대해서는 일언반구 언급도 없었어. 보름달이 뜨는 날이면 나는 방문 앞에서 밤새도록 서성거렸지만, 그년은 한 번도 내다보지 않았어. 독한 년이었지. 처음부터 이것들이 나를 이용해먹으려고 작정을 했던 게지. 남자가 귀했던 그 시절에 나같이 잡기에 능한 사람을 어디 가도 대접을 받았거든. 그래서 나를 만신당에서 떠나지 못하게 수작을 부린 거야.

담배 한 대 주게나. 자네가 맛있게 피는 걸 보니, 나도 한번 피워보고 싶군. 휴! 내가 말이 너무 많지. 하도 오랜만에 사람을 만나서 그러니 이해하게. 수미, 그년이 도망가고 나서 사람과 이렇게 마주 앉아 보는 건 처음이야. 사람들은 내가 미친놈이라고 슬슬 피하기만 하고 상대를 안 하니 어쩌겠나. 그년이 도망가고 나서 난 매년 술을 담그며 그년이 오길 기다렸지. 꼭 다시 돌아올 줄 알았어. 지 에미가 여기 산 위에 있는데, 지가 어딜 내빼겠나.

신당이 여기서 얼마나 머냐고? 한 서너 시간 오르면 될 걸세. 여기까지 와서도 나한테 코빼기 한번 비추지 않더군. 독한 년, 그래도 십 년 넘게 키워줬는데. 하긴 내 손을 이렇게 만들어놓고 갔으니 지가 무슨 염치로 나를 찾아오겠나. 자, 보게. 그년이 도망치면서 칼로 여길 이렇게 난도질하고 갔네. 덕분에 난 아무것도 그리지 못했네. 저 사발에 피를 수십 종기 받았어도 힘줄이 끊어졌으니 붓을 들 수가 있어야지. 다행히 자넬 만났으니 이제 그림을 그릴 수 있을 게야. 이 돈이면 충분히 수술을 받을 수 있을 게야. 힘줄을 잇고 나면 제일 먼저 그년을 잡아다 발가벗겨서 샘물 속에 처박아 버릴 걸세. 지 에미한테 못 받은 빚을 그년에게라도 꼭 받을 걸세.

아, 아, 그런 눈으로 보지 말게. 어때, 그년은 아직 날 증오하나. 괜찮아 사실대로 말해도. 그년은 내가 지 에밀 죽였다고 믿는 모양인데, 그건 사실이 아닐세. 모든 건 그림 때문이었지. 금화 년하고 같이 산 것도, 수미 년을 내 호적에 올린 것도, 수십 년 넘게 궂은일을 도맡아 해준 것도, 다 그림을 그리기 위해서라네. 그날은 어쩔 수 없었어. 그렇게 휘황찬란한 달빛이 쏟아지는 날은 좀처럼 없었거든.

내가 칼을 든 것은 그년이 하도 말을 듣지 않아 겁을 주려고 그런 것 뿐이야. 그런데 그년이 산꼭대기까지 도망가 버린 거지. 그년을 쫓아가 머리채를 휘어잡고 보니 신령바위 밑이었지. 차디찬 달빛을 먹은 신령바위는 얼음처럼 하얗게 빛나고 있었어. 난 그년을 끌고 신령바위 위로 올라가서 춤을 춰보라고 했어. 그 애절한 목소리로 노래 한번 불러보라고 했을 뿐이야. 아무래도 그건 사고였어. 발을 헛디뎌 계곡으로 떨어진 거라고. 아니면 서릿물 든 돌밭으로 지가 몸을 던진 거거나.

내가 잘못한 건 없어. 휴! 그래 나에게도 조금은 잘못이 있어. 그년을 쫓느라 정신없어 몰랐는데, 내 발밑에서 흐느끼는 그년을 보니 찢어진 치마 사이로 속살이 그대로 드러나 있더군. 대리석만큼이나 허연 속살이 달빛을 먹은 채 고스란히 내 눈앞에서 떨고 있었지. 자네도 남자니까 알 걸세. 한번 욕정이 끓기 시작하면 그걸 달래기가 얼마나 어려운지. 허연 속살을 헤집고 싶은 욕망이 미친 듯이 솟구치기 시작한 거야. 그래, 그년이 나를 피하려다 헛디뎠는지도 몰라. 그날 난 많이 취했거든. 아무것도 생각이 나지 않아.

왜 그런 눈으로 노려보나. 내가 나쁜 놈으로 보여. 하지만 나도 할 만큼은 했어. 수미, 그년을 십 년이나 키워줬어. 한밤중이면 이리저리 돌아다니고 마을만 내려가면 발정 난 암캐처럼 이놈 저놈하고 붙어먹으려는 그년을 키우느라 내 얼마나 힘들었는지 아나. 그런데 그년은 내가 피를 토하고 쓰러진 사이 내 힘줄을 끊고 도망친 게야. 하여간 독한 년들이라니까.

자, 한잔 더 하세? 왜 벌써 취했나? 아직 술은 많이 남아 있네. 이 술이 떨어지면 저 술도 마저 먹어치워야지. 오늘 밤은 맘껏 취해보고 싶네. 니미럴 인생, 나도 이젠 늙었다고. 젠장, 그림 하나 제대로 그려보려고 별짓을 다 하며 살았는데, 아직도 제대로 된 그림 하나 못 그리고 황천길만 눈앞에 두고 있으니, 나도 한심한 인생이지. 여기에 눌러앉기 전까진 그래도 나름대로 살아가는 낙이 있었지. 괜찮은 그림이 있는 곳이라면 어디든지 쫓아다녔지. 전국 안 가본 곳이 없네. 여기저기 자유롭게 돌아다니던 그때가 좋았지. 비록 제대로 된 그림을 찾지 못했지만 말이야. 모두 껍데기만 있었어. 아! 이거구나 하고 무릎을 탁, 칠 만한 그림은 없었단 말이지. 아무리 찾아봐도 기교만 들어간 그림뿐이었어. 그런 건 시간만 지나면 누구나 그릴 수 있어. 혼이 깃들지 않으면 사진이나 다를 바 없어.

아 참! 자네 사진 찍는다고 했지. 그럼 사진이란 말은 취소하지. 자네, 그년 알몸은 찍어봤나? 기가 막히지 않은가. 그년도 지 에밀 닮아서 몸매 하난 끝내주네. 머리가 좀 모자란다는 것만 빼놓고는 말일세. 어떤가. 나랑 내기 한번 하지 않겠나? 내 손이 나으면 그년을 데려다 난 그림을 그리고 자넨 사진을 찍는 게야. 누구 작품이 진짠지 비교해보잔 말일세. 그년을 발가벗겨 피로 적셔놓은 다음 달빛에 춤을 추게 하는 거야.

근사하지 않나. 참혹하다고, 그러기에 아름다운 걸세. 뭔가 그 표정은? 이게 금화 년이 입던 홍천익일세. 달거리하는 날 그년에게 이

걸 입혀서 춤을 추게 하는 거야. 진짜 아름다움이 무언지 보여주겠네. 하긴 도시에서만 살다 온 자네가 아름다움이 뭔지나 알겠나.

왜, 그래? 자네 졸려? 왜 눈을 자꾸 감아, 젊은 사람이. 자! 한잔 더 하게. 그래 괜찮아. 한잔 정도 더 해도. 아! 글쎄, 내일이면 틀림없이 그년을 만나게 된대도 그러네. 내일은 만신당에서 굿이 있을 걸세. 늙은 무당이 씻김굿이라도 할 모양이야. 그래 맞아, 금화 년 씻김굿일세. 그러고 나서 수미액도 씻어주고 자신의 신딸로 삼아 만신당을 맡길 모양이야.

허나 오래 있진 못할 걸세. 내 관상 좀 볼 줄 아니까, 하는 얘긴데. 그년 얼굴을 보면 콧방울이 동그랗고 인중이 또렷하지 않나. 게다가 흰자가 많고 검은 눈동자가 위로 조금 올라간 게 꼭 삼백안일세. 그런 년들은 대개 도화살이 있어 한곳에 오래 있지 못하네. 화냥기에 지 몸을 주체 못 하고 이 남자 저 남자 돌아다니며 상관할 팔자라는 얘기지. 그런 년이 이런 산골짜기에서 얼마나 버티겠나.

참, 그년을 어디서 만났다고 했지? 술집? 아니면 굿판? 그래, 뭐 어디서 만난 게 중요한 건 아니지. 그년은 자네가 생각하는 것만큼 순진한 년이 아닐세. 금화 년도 굿이 끝나면 마을 놈들에게 살살 눈웃음을 치면 꼬리를 치더니 수미, 이년은 한술 더 떠서 술만 들어갔다 하면 바로 마을 놈들과 붙어먹으려고 했지. 난 애비로서 못된 버릇을 고쳐주려고 치도곤도 내고 머리도 깎아보았지만, 화냥기를 죽일 수 없었네. 자네가 이런 산골까지 찾아온 걸 보면 그년이 자네를 얼마나 홀려놨는지 알겠네. 자네도 한심하이, 저런 년 때문에 돈 싸들고 여기까지 찾아오고. 하긴 나도 금화 년한테 미쳐서 한세월을 다 까먹긴 했지.

 자네 힘들어? 그래, 멀리서 왔으니 피곤도 하겠지. 그만 쉬게나. 이걸 베고 잠시 눈을 붙이게. 난 나가서 칼이나 갈아야겠네. 오늘같이 달빛이 쉬 먹는 날에 칼을 갈아야 날이 서고 부정한 기운이 스며들지 못한다네. 자, 그럼 좀 쉬게, 어이구! 달님이 환하시기도 하여라."

3

 눈을 뜨자 뒤틀린 대들보가 보였다. 검게 그을린 대들보에는 커다란 옹이 두 개가 자리 잡고 있었다. 일어나 벽에 몸을 기댔다. 찢어진 문풍지 사이를 뚫고 들어온 햇살이 방 안을 붉게 물들였다. 붉은 빛의 근원을 찾아 고개를 움직였다. 천장과 맞닿은 부분에 액자가 보였다. 붉은빛이 그 안에서 흘러나오고 있었다. 그래서일까, 방 안은 요사한 기운으로 가득했다. 붉은 기운의 정체가 궁금해 액자 앞에 섰다. 붉은색이 스며든 노란 종이에는 주사(朱沙)로 쓴 글자가 햇살을 받아 빛을 내고 있었다.

 밝고 밝으며 지극히 양강한 기운에 꾸짖노니 해는 동방에서 떠오른다. 내 부적에게 명하노니 주루 상서롭지 못한 기운을 제거하고

요괴를 굴복시켜⋯.

 글을 읽어 내려가다 정신을 차리고 방 안을 둘러보았다. 낡은 모노륨 바닥에는 하얀 사기그릇이 붉은 달덩이처럼 떠 있었다. 그 옆으로 배가 불룩한 뱀이 들어 있는 술병이 엎어져 있었다. 밤새도록 떠들던 사내는 보이지 않았다. 대신 구석에 있던 고리짝 문만 반쯤 열려 있었다.

 방문을 열어젖히자 새벽 공기가 밀려 들어왔다. 마당으로 내려왔다. 산에서 내려온 찬 공기가 온 몸을 감쌌다. 그 덕분인지 숙취는커녕 무거운 짐을 벗어놓은 듯 몸이 가벼웠다. 마당에 서서 산꼭대기를 바라보았다. 그리 높아 보이지 않았다. 길만 좋다면 오전 안에 도착할 수 있을 것 같았다. 갈증이 나서 물을 찾았다. 샘터 앞에 오자 날카롭게 벼른 칼 한 자루가 숫돌과 함께 나란히 놓여 있었다. 사내가 밤새도록 갈아놓은 칼날은 보기만 해도 섬뜩했다.

 물을 한 바가지 들이켰다. 차가운 기운이 목울대를 타고 배 속으로 들어갔다. 오한이 나며 몸이 부르르 떨렸다. 낡은 플라스틱 대야에 물을 붓고 머리를 디밀고 반 토막 남은 세숫비누로 거품을 냈다. 물기는 빨랫줄에 걸린 낡은 수건으로 털어냈다. 방으로 들어가 배낭과 카메라 가방을 챙겨 나왔다. 사내가 있는지 알아보기 위해 오두막을 한 바퀴 돌아보았다. 난잡했던 뒤란은 말끔히 정리되어 있었다. 사내는 보이지 않았다. 돈을 챙겨 떠난 게 확실했다.

텃밭을 지나치다 이슬이 맺혀 있는 잎사귀를 한 움큼 훑어 냄새를 맡아보았다. 여느 풀 냄새와 별 차이가 없었다. 한 움큼을 더 따서 주머니 속에 집어넣고 오두막을 나섰다.

본격적인 산길로 접어들자, 이슬에 젖은 야생화가 눈에 띄었다. 화사한 연보라 꽃이 한 무더기 나타났다. 얼레지가 군락을 이룰 정도면 해발이 상당하다는 말이 된다. 잠시 걸음을 멈추고 카메라를 꺼냈다. 커다란 수술을 자랑하는 얼레지는 중력을 이기지 못하고 땅을 향해 고개를 숙이고 있었다. 얼레지 무리 바로 뒤에 피뢰침처럼 우뚝 서 있는 엉겅퀴가 보였다.

그 위에 나비 한 마리가 얌전히 앉아 있었다. 크기가 보통 나비보다 두 배는 되어 보였다. 조심스럽게 다가갔다. 순백색 날개에 검은색 줄무늬가 선명했다. 가슴이 두근거렸다. 날개 끝선두리가 둥글게 말린 게 틀림없는 상제나비였다. 반투명 날개를 팔랑거리며 날아가는 모습이 바람에 나부끼는 상복을 연상시킨다고 하여 붙여진 이름이다. 바람을 타고 날아가는 황홀한 날갯짓 때문에 사진작가라면 누구나 한번 찍어보고 싶어 했다.

극성스런 사람들 손을 피해 영월에서 이곳까지 날아온 것일까. 두근거리는 가슴을 진정시키며 카메라를 들이댔다. 자세를 낮추고 조심스럽게 다가가 한 컷을 찍었다. 셔터 소리가 꽤 크게 울렸는데도 나비는 깊은 잠에 빠진 듯 움직이지 않았다. 좀 더 과감하게 다가갔다. 접사로 나비만 오롯이 나오도록 하고 배경은 전부 날려버리기로 했다. 이렇게 깊이 잠든 놈이라면 충분히 가능했다. 렌즈를 갈아 끼우고 카메라를 나비에게 바싹 붙였다. 스트로보를 세팅한 후 조리개를 풀어주었다. 플래시가 터지면서 주변 색상이 다 날아가고 짙은 보라색 꽃 위에 하얀 나비만 명료하게 드러났다.

이번엔 날아가는 모습을 찍기 위해 톱니 모양의 잎을 건드렸다. 줄기가 그네처럼 휘청거렸지만 나비는 꼼짝하지 않았다. 날개를 주시하며 나비가 날아오르기만 기다렸다. 영롱한 무지개가 파인더 안에 비쳤다. 커다란 날개에 작은 수은 덩어리가 매달려 있는 게 보였다. 날개에 맺힌 이슬방울이 나비를 옴짝달싹 못 하게 묶어놓고 있었다. 카메라를 내려 놓았다. 심줄이 없는 날개는 이런 작은 물방울 하나도 털어내지 못할 정도로 연약했다. 조심스럽게 나비를 손바닥 위에 올려놓았다. 풀잎으로 날개 끝에 맺힌 이슬을 털어주었다.

'날고 싶어. 날아가고 싶어.'
귓전에 수미의 목소리가 울렸다. 그녀뿐 아니라 엄마도 하늘을 날고 싶어 했다. 하지만, 연약한 날개로 하늘을 나는 건 위험했다. 아무리 몸이 가볍다 해도 날개에는 심줄이 있어야 한다. 엄마의 날개에는 심줄이 없었다. 그래서 하늘 끝까지 날아가지 못하고 바다에 추락하고 말았다. 수미에게 심줄이 박혀 있는 날개를 달아줄 것이다. 이슬이 맺혀도 힘차게 떨치고 날아오를 수 있는 그런 날개를.

손바닥을 가볍게 흔들었지만 나비는 날아오르지 못했다. 하늘을 향해 나비를 힘껏 던졌다. 나비는 힘없이 팔랑거리며 좀처럼 떠오르지 못했다. 하향곡선을 그리며 추락하던 나비가 바람을 타기 시작했다. 물기가 마른 날개는 태양빛을 받아 반짝였다. 금빛으로 물든 날개를 우아하게 저으며 상제나비가 하늘을 향해 올라갔다. 그 황홀한 모습에 잠시 넋이 나갔다. 정신을 차렸을 땐 나비는 이미 점으로 변해 있었다. 나비가 완전히 사라진 다음에도 한동안 시선을 떼지 못했다. 햇빛이 이슬을 말려주기까지는 시간이 너무 오래 걸렸다. 굶주린 새들은 아침 일찍 일어나기 마련이다.

　만신당은 산 중턱에 자리하고 있었다. 굿이 있어서인지 마당에 들어서자 들뜬 분위기가 느껴졌다. 마당 가운데에는 미농지를 오려 만든 색색의 종이꽃이 얼기설기 매달려 있었다. 그 밑에서 아주머니 몇 명이 무쇠 솥을 둘러싸고 앉아 음식 만들기에 여념이 없었다. 왼편 오솔길 너머로 장구소리가 요란했다. 커다란 당나무 밑에서 굿이 한창이었다.

　마당 끝에 팽개쳐진 나뭇등걸에 걸터앉아 시원하게 뻗은 골짜기를 내려다보았다. 양옆으로 긴 산자락이 여인의 두툼한 넓적다리처럼 마을까지 쭉 뻗어 있었다. 그 한가운데에 빽빽이 들어찬 산림을 치고 드러난 언덕배기에 만신당이 자리 잡고 있었다.
　"사진 찍으러 오셨나 보네. 하지만 당할머니가 쉽게 허락하시지 않을 텐데."

꼭 불두덩이 위에 얹혀 있는 형상 같다는 생각을 하고 있을 때 아주머니 한 분이 말을 걸어왔다.

"전에도 방송국에서 촬영한다고 몰려왔다가 그냥 돌아갔었지."

하얀 수건으로 머리를 감싼 아주머니가 말을 받았다.

"요즘은 이런 것도 귀한 구경거리가 되는 세상이라 사람들이 자주 찾아오지만 당할머니 고집이 워낙 세서 말이야. 식사 안 하셨으면 밥이나 한술 뜨시구랴."

"그래요. 굿이 끝나면 정신없을 테니까 지금 한술 뜨시는 게 나을 게요."

손이 바지런한 아주머니 한 분이 맑은장국에 막 무친 겉절이를 담은 소반을 가져왔다.

음식을 보자, 식욕이 목구멍까지 올라왔다. 어제도 커피만 몇 잔 마시고 아무것도 먹지 못했다. 장국에 밥을 말아 땀을 흘려가며 밥알 한 톨 남김없이 달게 그릇을 비웠다. 뜨거운 기운이 내장을 훑고 내려가자 속이 확 풀리는 느낌이었다. 다 비운 그릇을 샘터에 앉아 있는 아주머니에게 가져가서 송구스럽게 내려놓고 물을 청했다.

둥글둥글한 호박돌로 에워싸인 샘 한가운데선 고운 모래를 뒤집으며 맑은 물이 몽실몽실 솟아나고 있었다. 안쪽은 오랜 세월의 흔적이라도 보여주듯 검붉은 이끼가 두껍게 끼어 있었다. 아주머니가 건네준 물을 조심스럽게 받아 들었다. 바가지에 담긴 물은 맑기 그지없었다. 맑은 것만큼이나 물맛 또한 시원했다.

나뭇등걸로 돌아와서 습관적으로 주머니를 뒤졌다. 하지만 빈 갑만 잡혔다. 입맛을 다시며 골짜기에 다시 눈을 돌렸다.

"밤마다 산에서 들려오는 노랫소리에 가슴이 다 아팠는데, 이번 굿이 끝나면 금화도 저세상으로 편히 가겠지?"

"사람이 제 명에 못 죽고 넘이 손에 죽으면 억울해서 이승을 못 떠난다고 하잖아. 아마, 금화 그것이 아직 원이 풀리지 않아 노추산을 못 떠나고 있는 게야. 이번 굿이 끝나면 좋은 세상으로 가겠지, 수미도 돌아왔으니까. 불쌍한 년."

나에게 소반을 건네주었던 아주머니가 옷고름으로 눈물을 찍어냈다. 굿마당을 향해 시선을 돌렸다. 역시 수미는 저 굿판 어딘가에 있었다. 수미가 집을 나간 뒤 한동안 아무것도 할 수 없었다. 말없이 나간 만큼 곧 돌아오겠지 하는 생각에 하루하루 기다렸지만 수미는 돌아오지 않았다. 이대로 사라져버린 것은 아닐까 하는 불안감에 일이 손에 잡히지 않았다.

수미는 나에게 많은 변화를 가져다주었다. 어릴 적부터 사람들과 만남을 두려워했던 나는 사진에 몰입함으로써 외부로부터 자신을 고립시켰다. 할머니가 죽고 나서 고향과도 인연을 끊었다. 그래도 명절에는 한 번 내려와야 할 것 아니냐고 악을 바락바락 쓰던 고모도 지쳤는지 연락이 끊어진 지 오래였다. 스튜디오 안에서 기계적으로 찍는 사진과 대학 친구들과 가끔 출사 가는 것 외에는 변함없는 생활이었다.

그런데 갑자기 수미가 나타나서 호수처럼 고요했던 내 인생에 물장구를 치고 짓고 까불며 분탕질을 해놓더니 홀연히 사라져버린 것이다. 하룻밤의 만남으로도 심한 열병을 앓았던 나에게 짧지 않은 동거의 시간은 헤어날 수 없는 유사와도 같았다. 이제는 수미 없는 내 인생은 생각조차 하기 싫었다.

갑자기 악기 소리가 일제히 울리기 시작했다.
"고풀이가 시작된 모양인데. 우리도 잠깐 가볼까?"
마당에 있던 아주머니들이 급히 오솔길로 달려갔다. 심금을 울리는 진양조 장단이 허공에 울려 퍼졌다. 당나무 아래로 칼을 든 무녀의 상체가 보였다. 커다란 칼이 하늘을 찌르고 있었다. 혹시 작두라도 타지 않을까 하는 호기심에 엉덩이를 털고 자리에서 일어났다.

당나무 밑에 깔린 명석에는 음식이 가득 찬 사자상과 향나무 조각이 둥둥 떠 있는 물동이가 보였다. 망인이 생전에 입었던 옷인지 비단 저고리 한 벌도 당나무에 걸려 있었다. 굿판 주위를 둘러보았지만 수미는 보이지 않았다. 아주머니들만 굿판을 둘러싸고 두 손을 비비며 연신 머리를 조아리고 있었다. 당나무에 맨 고를 다 풀었는지 무녀는 무명 한 자락을 잡고 노래를 부르기 시작했다.

에라 만수에라 대신이야 왔네 왔네 내가 왔네 넋이라도 내가 왔고 혼이라도 내가 왔어 오는 자취를 어찌 알고 오는 행적을 어찌 알려 오늘 망재씨 속절없이 죽게 되니 불쌍한 망재씨 뉘라서 대신 갈까…

노래가 끝나기 무섭게 무녀가 다시 춤을 추기 시작했다. 넋맞이가 시작될 모양이다. 하얀 고깔을 쓴 늙은 무녀가 넋대를 쥐고 서서히 가락을 타기 시작했다. 신의 강림을 기원하듯 정중하고 느리게 한 사위, 한 사위 움직여 갔다. 두 팔이 부나비처럼 펄럭펄럭 날갯짓을 했다. 소매는 너울처럼 펄럭이며 하늘을 덮어갔다. 금방이라도 날개가 돋아서 하늘로 날아갈 것만 같았다.

가락과 춤이 점점 빨라졌다. 머리를 조아리며 비손하는 아주머니들의 움직임도 따라 빨라졌다. 지켜보던 나의 호흡도 덩달아 가빠졌다. 접신이 됐는지 넋대를 잡은 무녀 손이 무섭게 떨리기 시작했다. 장단은 어느새 휘모리로 넘어가 사납게 몰아쳤다. 무녀는 넋대와 한 덩어리가 돼 무섭게 하늘로 뛰어올랐다. 늙은 무녀의 이마에선 구슬 같은 땀방울이 뚝뚝 떨어졌다.

가락과 춤이 폭발할 듯 격렬해지면서 내 가슴도 터질 듯 부풀어 올랐다. 저렇게, 저렇게 뛰어오르다 하늘로 솟구치면. 화려한 금박 옷을 입은 무녀는 금방이라도 하늘로 올라갈 것만 같았다. 몸이 점점 뜨거워졌다. 구름 위를 걷는 듯 정신이 혼미해졌다. 넋이 훌훌 새어나갈 것만 같았다. 가슴이 터질 것만 같아 더는 지켜볼 수 없었다. 도망치듯이 자리를 빠져나와 마당으로 돌아왔다. 나뭇등걸에 주저앉아 가슴을 진정시켰다.

"니, 오맨 영락없는 술집 기집인 기라. 기생 피가 흐르고 있는 기제. 그러치 않고서야 우째 그 많은 사람들 앞에서 남세스럽게 노래하고 춤을 추겠노."

엄마가 공연을 하러 가는 날이면 할머니는 나를 붙잡고 속삭였다.

"돈 몇 푼에 웃음 파는 기 기생이제, 뭐가 기생이고. 소리를 한다고야. 아이고, 하구한날 갱습소에 틀어박혀 연놈들하고 딴따라 놀음이나 하는 기제. 서방 잡아먹은 년이 돈을 벌겠다고야. 돈은 다 핑계인 기라. 집에 있기 싫어서, 얼굴에 분칠하고 싶어서 하는 핑계인 기라. 잔칫집에서 노래해주고 몇 푼이나 받겠노. 내는 그년이 주는 밥은 절대 안 먹을 끼라."

그러면서도 부엌에서 간식거리라도 발견한 날엔 입이 함지박만큼 벌어졌다.

"못된 년, 시에민 굶어 죽든 말든 지 주둥이만 알아서 숨겨놓고 먹어야. 아이고, 내 진작 다 알아봤다 아이가. 근본이 천한 년은 어쩔 수 없다 아이가."

조석으로 얼굴이 변하는 여우 같은 할마시. 할머니 몸에서 나는 퀴퀴한 냄새에 코를 막으며 엄마가 돌아오기만 기다렸다. 붉은 비단 저고리를 입고 곱게 화장을 한 엄마한테선 할머니와는 달리 좋은 냄새가 났다. 엄마는 그 예쁜 옷을 다 벗어버리고 흰 속옷만 입은 채 하늘로 날아갔다.

굿이 끝났는지 웅성거리는 소리가 들려왔다. 뜨거워진 눈시울을 감추기 위해 하늘을 향해 고개를 치켜들었다. 하늘 저편에 회색 구름이 조금씩 피어나고 있었다. 음식을 준비하던 아주머니들 손길이 바빠졌다. 어수선한 분위기를 피해 만신당 뒤편으로 걸음을 옮겼다. 신당을 돌아서니 조그마한 별채가 보였다. 그 앞으로 가파른 절벽이 병풍처럼 신당을 에워 쌓고 있었다. 절벽에는 주먹 하나 들어갈 만한 작은 동굴이 수없이 박혀 있었다. 그 안마다 어린 동자승이 하나씩 자리 잡고 있었다. 팔을 괴고 누워 있는 놈, 배꼽을 내놓고 하품을 하는 놈, 익살스러운 표정을 짓고 있는 놈, 눈물을 흘리는 놈, 투정을 부리는 놈. 제각기 다른 표정과 몸짓을 하고 있어 보는 재미가 있었다.

 절벽을 찍기 위해 별채 툇마루에 올라섰다. 먼지가 쌓인 마루는 큰 소리를 내며 삐꺽거렸다. 사진을 찍고 나서 뒤에 있는 방문을 열어보았다. 오랫동안 방치되어 있었는지 곰팡내가 풍겨 나왔다. 고개를 디밀자, 바닥에 누렇게 변색된 화선지가 어지러이 흩어져 있었다. 문을 열고 안으로 들어갔다. 바닥에 흩어진 화선지를 내려다보았다. 밑그림만 그려진 미인도였다. 한쪽 벽면에 엷은 비단이 늘어져 있었다. 비단을 거두자, 나무틀 안에 팽팽히 당겨진 아마포가 나왔다.

 아마포 위에는 물에 젖은 여인이 서 있었다. 물기를 흠뻑 흡수한 망사가 여인의 어깨 위에서 흘러내려 한쪽 젖가슴만 가린 채 밑으로 쳐졌다. 늘어진 망사는 여인의 하체에 찰싹 달라붙어 있었다. 그 바람에 거뭇한 거웃이 그대로 드러났다. 넓적다리를 타고 흘러내린 핏줄기를 따라 시선을 옮겼다. 여인의 종아리를 타고 흘러내린 핏줄기는 물속을 담홍색으로 물들였다. 종아리를 중심으로 붉은색이 바림질하듯 퍼져나갔다.

붉은 샘물에서 눈을 떼고 여인의 얼굴을 보았다. 정갈하게 틀어 올린 머리는 옥으로 장식한 비녀가 꽂혀 있었다. 뒤로는 밝은 빛이 원광을 만들고 있었다. 이목구비가 있어야 할 얼굴은 텅 빈 상태였다. 사내는 여기에 틀어박혀 관음보살의 얼굴을 그려 넣기 위해 머리를 감쌌으나 끝내 완성하지 못하고 뛰쳐나갔던 건 아닐까? 비단 포를 원래대로 돌려놓고 밖으로 나왔다.

아주머니들이 음식을 갖고 굿판으로 갔는지 마당에는 빈 그릇만 몇 개 놓여 있었다. 신당 툇마루에는 언제 왔는지 늙은 무녀가 기둥에 머리를 기댄 채 눈을 감고 있었다. 옷을 갈아입을 틈이 없었는지 화려한 무복 차림 그대로였다. 무녀에게 가까이 다가갔다. 조금 전 폭풍우 같은 굿을 치러낸 무녀가 피곤한지 꼼짝도 하지 않았다. 주름이 가득한 얼굴은 연지를 바른 입술만 반지르르하게 윤기가 돌았다. 습관적으로 카메라를 들어 올렸다. 그러고는 셔터를 눌렀다.

"철컥"

소리가 울리자 무녀가 눈을 번쩍 떴다. 매서운 눈빛이 렌즈를 뚫고 들어왔다. 식은땀이 등줄기를 타고 흘러내렸다. 카메라를 잡은 손이 떨리기 시작했다. 밑으로 처지는 카메라를 두 손으로 꽉 움켜쥐었다. 그리고 어금니를 힘껏 물고 다시 한번 셔터를 눌렀다.

"철컥"

소리가 유난히 크게 들렸다. 너무 힘을 주어서 입 안에서 어금니가 갈리는 소리가 났다. 그렇지만 파인더에서 눈을 떼지 않았다. 무녀의 매서운 눈빛이 그대로 있었다. 다시 한번 용기를 내어 한 걸음 더 다가가 셔터를 눌렀다.

"철컥"

소리와 함께 휴, 하는 한숨 소리가 어금니 사이로 새 나왔다. 떨리는 양손을 진정시키며 카메라를 내렸다. 눈앞에서 늙은 무녀가 무서운 눈빛으로 나를 쏘아보고 있었다. 고개를 숙였다. 고개를 숙여 사죄하려 했는데 양다리 힘이 쭉 빠지면서 무릎이 꺾이고 말았다.

"수미를 찾아왔습니다."
그대로 땅에 머리를 박았다.
"수미와 서울에서 같이 지냈습니다."
아무런 대답이 없었다. 한동안 침묵이 흘렀지만 감히 고개를 들지 못했다. 땅바닥에 닿은 카메라을 가만히 끌어당겨 온몸으로 감싸 안았다. 그리고 한참을 또 그렇게 있었다.

"딱"

날 선 것이 등뼈를 내리쳤다. 아픔이 등골을 타고 안으로 파고 들어왔다. 너무 아파 나도 모르게 몸이 오그라들었다. 이를 악물고 아픔을 삼켰다. 얼마쯤 시간이 흘렀을까.

두 번째 아픔이 등에 떨어졌다. 눈물이 핑 돌았다. 참기 힘든 아픔이었다. 등 속 깊숙이 파고든 아픔이 식도를 통해 위로 올라갔다. 그것은 굵은 신음으로 변해 이빨 사이로 빠져나왔다.

엄마도 이 정도로 아팠을까? 새벽녘이면 화장실에 가는 척하고 엄마가 자고 있는 행랑채 앞에서 서성였다. 안에서는 항상 무거운 신음이 새어 나왔다. 당장 안으로 뛰어 들어가고 싶었지만 할머니의 추레한 목소리가 나를 붙들었다.
"자이야, 추운데 들어오지 않고 모하노. 할미 나갈까?"
잠귀가 밝은 할머니는 언제나 깨어 있었다.

세 번째 아픔이 떨어졌다. 아팠다. 너무 아팠다. 그래서 등이 대나무처럼 두 쪽으로 쪼개지는 것만 같았다.
'너만 태어나지 않았어도….'
너무나 매서운 아픔이었다. 나도 모르게 눈물이 나왔다. 엄마는 늘 밖에 나가고 싶어 했다.
'살이 낀 사람은 한곳에 오래 머물 수 없는 기라. 오빠가 죽었을 때, 니 오맨 진작 떠나야 했던 기라.'
고모는 엄마가 떠나지 않은 것을 무척 아쉬워했다. 엄마가 밖으로 날아가기에는 내가 너무 무거웠다.

"차앙, 차앙, 차앙"
갑자기 맑은 소리가 등줄기에서 피어났다. '까르르' 웃음소리가 울렸다. 등판 위에 머물고 있는 아픔을 삭이며 고개를 들었다. 수미였다. 수미가 커다란 신칼을 들고 널찍한 면으로 내 등을 가볍게 내리치고 있었다.

"그만 일어나. 당할머니는 갔어. 이젠 모든 게 용서된 거야. 당할머니 신칼을 받았으니까 모든 게 용서된 거야."
 일어서려 했지만 다리에 쥐가 나서 무릎이 펴지질 않았다. 수미의 부축을 받아 신당 안으로 들어갔다. 안에는 호랑이 등을 타고 앉아 있는 산신령이 함박웃음을 터트리며 반갑게 맞아주었다. 상 위에 꽂혀 있던 새하얀 서리화가 바람에 가볍게 나부꼈다. 수미가 나를 벽에 기대게 하고는 다리를 주물러주었다.

"난 당할머니가 칼날로 내리치는 줄 알고 깜짝 놀랐어. 칼날로 내리쳤으면 아마 아저씬 수박처럼 쫙 쪼개졌을걸."
 그 말을 듣자 벽에 기댄 등짝이 화끈거렸다.
 "올 줄 알았어. 난 아저씨가 올 줄 알았다고."
 화장기 하나 없는 수미 얼굴에는 화사한 웃음이 가득했다. 치렁치렁 길었던 머리카락을 정갈하게 가르마 타놓은 탓인지 전보다 성숙해 보였다.

"굿이 끝나면 엄마한테 가려고 했는데, 같이 가자. 나랑 같이 신령바위에 가보자. 금방 준비해가지고 올게."
 수미가 밖으로 나갔다. 화끈거리는 등을 벽에서 떼고 가부좌를 튼 채 눈을 감았다. 무녀의 눈에서 보았던 푸른 안광이 머릿속에서 떠나질 않았다. 섬뜩한 칼날로 내 등을 내리치는 무녀를 상상하자 머리가 아찔했다. 식은땀이 계속 흐르는지 등짝이 축축했다.

4

 구름의 움직임이 빨라졌다. 회색 구름이 몰려드는가 싶더니 금세 사방으로 흩어지곤 했다. 가파른 언덕을 넘자 삐죽 튀어나온 바위가 보였다. 바위에 기대어 땀을 식히며 아래를 내려다봤다. 멀리 신당이 보였다. 아직 정리가 끝나지 않았는지 사람들이 마당을 분주히 오가고 있었다. 온몸이 땀범벅인 나에 비해 수미는 땀 한 방울 흘리지 않고 사뿐사뿐 잘도 올라왔다.

 "이제 힘든 곳은 다 지나왔어. 산길만 따라 올라가면 돼. 힘들면 이리 줘. 내가 메고 갈게."
 수미가 내 배낭을 향해 손을 뻗었다. 제수를 넣어서인지 배낭이 무거워졌다. 나는 고개를 흔들고 앞장섰다. 수미 말대로 완만한 길이 계속되었다. 여유가 생겨서인지 야생화가 눈에 띄었다. 그때마다 사진을 찍기 위해 잠시 걸음을 멈추었다. 길옆 공터에 조그마한 산막이 보였다.

 "약초나 버섯 캐는 사람들이 쉬기 위해 만들어놓은 곳이야. 한번 들어가볼래?"

산막 앞에 놓인 흰 댓돌이 이질적이라 앵글에 담자 수미가 말했다. 고개를 가로저었다. 정상까지 얼마 남지 않았다지만 하늘이 어둑어둑해지는 게 심상치 않았다. 이런 곳에서 비라도 만난다면 대책이 없었다. 아무리 방수 주머니에 카메라를 넣는다 해도 습기에는 민감했다.

터널처럼 엇갈린 나무숲을 빠져나오자 갑자기 눈앞에 하얀 돌밭이 펼쳐졌다. 갑작스럽게 나타난 풍경에 눈 내린 겨울 들판에 서 있는 게 아닌가 하는 착각에 빠졌다. 산자락 하나가 눈사태라도 맞은 듯 하얀 바위에 휩쓸려 있었다. 바위 위에는 수많은 돌탑이 세워져 있어 이국의 사원이라도 들어온 기분이었다.

"놀랬지? 이 산에는 이런 돌밭이 몇 군데 더 있어. 그중 여기가 가장 넓어. 신기하지 않아, 산꼭대기에 이런 대리석 돌밭이 있다는 게?"
수미의 말에 고개를 끄덕였다. 여기까지 오면서 본 돌은 대부분 까만 탄석이었는데, 이렇게 하얀 돌밭이 나타날 줄은 꿈에도 생각하지 못했다.

"우리도 하나 세우고 가자. 여기에 탑을 쌓고 기도하면 죽은 사람 영혼이 하늘로 올라간대. 그래서 사람들은 신당에서 천도재를 지내고 나면 꼭 이곳에 와서 돌탑을 세우고 가."

수미가 정말로 탑을 쌓을 건지 잔돌을 찾아 주위를 돌아다녔다.

수미를 내버려두고 앞에 있는 커다란 바위 위에 올라갔다. 시원하게 쓸려 내려간 아래쪽은 하얀 바위가 물결처럼 반짝였다. 햇볕이라도 강하게 내리쬐면 하얀빛을 뿜어낼 것만 같았다.

카메라를 들고 앵글을 잡아보았다. 앵글 안으로 새하얀 세상이 펼쳐졌다. 밑에서부터 천천히 훑으며 위로 올라갔다. 정상의 거대한 바위를 정점으로 돌밭이 부챗살처럼 펼쳐져 있었다. 앵글을 다시 밑으로 돌리자, 정성스럽게 돌을 쌓고 있는 수미가 눈에 들어왔다. 햇살만 눈부시다면….

카메라를 내리고 못내 아쉬운 마음으로 탑 쌓기에 열중하고 있는 수미를 바라보았다.

"그렇게 보지만 말고, 이리 와서 돌이나 몇 개 찾아줘. 쌓기 좋은 걸로 말이야."

마땅한 돌을 찾기 어려운지 수미가 도움을 청해왔다. 나는 밑으로 내려가서 평평한 돌을 몇 개 주워 왔다. 돌탑은 제법 높아졌지만 수미는 멈추려 하지 않았다. 이리저리 맞춰가며 쌓아 올린 돌탑은 잔돌을 큰 돌 사이에 촘촘히 박아 한눈에 보아도 정성이 들어간 것을 알 수 있었다.

"이리 와, 이리 와서 같이 빌어."

수미가 돌탑 앞으로 나를 끌어당겼다. 수미와 나란히 서서 두 손을 모으고 눈을 감았지만, 무엇을 빌어야 할지 몰랐다. 눈을 살짝 뜨고 수미를 바라봤다. 수미는 두 손을 가슴에 모은 채 진지하게 머리를 숙이고 있었다. 마음을 추스르고 다시 눈을 감았다.

외삼촌 말대로 엄마는 소리를 하고 싶어 하늘로 올라간 걸까. 딱 두 번 만났지만, 외삼촌 말에는 무게가 있었다. 속물적인 고모와는 격이 달랐다.

처음 외삼촌을 만난 것은 엄마의 시신을 수습해 가기 위해 왔을 때였다. 엄마의 죽음으로 집 안에는 갓 쓴 노인들이 모여들었다. 할머니는 나를 같은 동네에 살고 있던 고모 집에 맡겨놓았다. 방 안에 가만있으라는 고모 말을 무시하고 몰래 빠져나와 집으로 갔다.

집에 와보니 대문이 반쯤 떨어져 나가 있었고 안에서 고함이 터져 나왔다. 나는 겁이 나서 들어가지 못하고 대문 앞에서 맴돌았다. 갑자기 검은 양복을 입은 남자가 뛰쳐나왔다. 남자는 문가에 서 있는 나를 천천히 훑어보더니 갑자기 뺨을 올려붙였다. 나는 자지러졌다. 할머니가 작대기를 들고 뛰어나와 남자의 등을 후려쳤다. 나를 감싸 안은 할머니를 향해 남자는 침을 뱉고 사라졌다. 나중에 고모를 통해 그 남자가 외삼촌이라는 것을 알았다.

국립창극단에서 단장으로 있던 외삼촌 소식은 신문을 통해 가끔 들었다. 그래서 연못 벤치에서 기다린다는 남자를 본 순간 한눈에 외삼촌인 걸 알았다. 머리가 하얗게 세어버린 외삼촌이 내 손을 꼭 잡았다.

"지금 와서 이런 소리 해봤자 소용없겠지만 니 엄만 하늘이 내린 소리꾼이었지. 열세 살에 심청가를 완창한 사람은 보성에서 니 엄마가 처음이었어. 니 아버지만 만나지 않았어도…."
'너만 태어나지 않았어도….' 엄마가 그랬듯 외삼촌은 엄마가 아버지와 만난 걸 원망했다.

"이번에 군에서 우리 동네를 예인마을로 지정해 판소리 문화 단지를 조성할 모양이야. 어차피 손이 안 가 폐가가 되고 있는데 잘 됐지. 선산만 빼고는 모두 정리했어."
외삼촌은 엄마 몫이라며 꽤 많은 액수가 든 통장을 나에게 내밀었다.

"니 외할아버지 장례를 치르는 도중 니 엄마가 죽었다는 소식이 왔어. 아버지 죽음이 자기 때문이라 생각한 니 엄마가 슬픔을 참지 못한 모양이야. 그쪽에선 광대 집안의 여식을 죽어도 자기네 선산에는 못 묻겠다고 수습해가라더군."

외삼촌이 준 돈 덕분에 대학을 걱정 없이 마칠 수 있었다. 고향에 남아 있던 집과 얼마 되지 않는 논마지기는 일찌감치 고모 손으로 들어갔다. 만일 외삼촌이 돈을 주지 않았다면 대학은 그만두었어야 했다.

습기를 머금은 차가운 바람이 머리카락을 날리며 지나갔다. 눈을 떴다. 수미는 여전히 미동도 하지 않고 있었다. 가만히 서 있기 어색해 자리를 벗어났다. 바위를 딛고 서서 정상을 바라보았다. 산꼭대기에 거인처럼 우뚝 솟은 바위가 수미가 말하던 신령바위 같았다. 여기로 곧장 질러가면 금방 도착할 수 있을 것만 같았다.

"그만 가자."

언제 왔는지 수미가 옆에 서서 신령바위를 쳐다보고 있었다.

숲이 끝나자, 작은 철쭉이 빽빽이 들어찬 군락이 나왔다. 바람에 시달려서인지 모로 치우쳐 누워 있는 모습이 힘들어 보였다. 그 사이로 억새가 서걱거리며 고갯짓을 하고 있었다. 철쭉과 달리 억새는 바람을 잘 견디고 있었다.

"이쪽이야. 이쪽으로 와."

정상이 가까워지자 수미의 발걸음이 빨라졌다.

"이쪽, 이쪽이 신령바위야."

수미에게 이끌려 좁은 샛길을 빠져나오자, 눈앞에 커다란 바위벽이 나타났다. 벽면엔 부처를 형상화한 부조가 희미하게 새겨져 있었다. 그 밑에 글자도 적혀 있었지만 부식이 심해 알아보기 어려웠다.

"엄마는 이 밑에 있어."

수미가 부조 앞에 서서 말했다.

"그놈이 그랬어. 신령바위 밑에 엄마를 묻어놓았다고. 술에 취하면 내 머리채를 끌고 다니며 소리를 질러댔어. 엄만 자신만이 아는 곳에 묻어났다고. 바위로 질러놓아 꼼짝도 못 할 것이라고. 그놈이 끝내 엄마가 있는 곳을 말을 하지 않았다면 다른 손도 마저 잘랐을 거야."

수미의 표정이 차갑게 변하면서 입가에서 싸늘한 미소가 피어났다. 나는 섬뜩한 수미의 얼굴을 외면하고 신령바위 주변을 살폈다. 옆으로 작은 길이 나 있었다. 제(祭)를 준비하려고 배낭을 여는 수미를 남겨두고 바윗길로 들어섰다.

사내가 말한 서릿물 든 대리석 돌밭이 얼마나 장관인지 보고 싶었다. 길을 따라가자 꼭대기까지 어렵지 않게 오를 수 있었다. 바위 위는 장정 서넛이 누울 정도로 넓고 평평했다. 누가 산신제라도 지냈는지 그을린 바위벽 아래에 토막 난 촛불과 향 조각이 널려 있었다.

신령바위 끝에 서서 아래를 내려다보았다. 조금 전에 보았던 하얀 돌밭이 환하게 펼쳐져 있었다. 멀리서 물결이 보였다. 날씨만 좋다면 은빛으로 출렁일 바다가 회색 구름에 깔려 어둡게 일렁대고 있었다. 태양이 떠오른다면 그래서 그 황금빛 찬란한 태양이 이곳까지 비춘다면….

머릿속에서 아찔한 상상이 피어났다. 그대로 자리에 주저앉았다. 눈을 감고 상상의 세계로 들어갔다. 눈부신 태양이 바다 끝에서 서서히 떠오른다. 금빛 태양에서 쏟아지는 강렬한 빛이 하얀 바위를 황금빛으로 물들인다. 황금빛을 이겨내지 못한 바위가 고스란히 하늘로 빛을 토해낸다. 주위가 온통 황금빛으로 휩싸인다. 나는 황금빛 가운데 서 있다.

황금빛이 나를 감싸며 하늘로 서서히 끌어 올린다. 발끝에 있던 피가 머리 위로 치솟는다. 몸이 천천히 회전하며 금빛 찬란한 하늘을 향해 올라간다. 새털처럼 가벼워진 나는 한없이 위로 올라간다. 황금빛 태양이 눈앞에 나타나자, 아아, 나도 모르게 탄성이 터져 나온다.

갑자기 무게가 느껴진다. 중력이 잡아당기자 나는 저항 한번 못하고 추락하기 시작한다. 나에게는 날개가 없었다. 나를 받쳐주던 황금빛이 사라지자 지상으로 곤두박질치기 시작한 것이다. 축 가라앉은 몸은 계속 앞으로 기울어져만 갔다.

"그만 내려가자. 너무 늦었어. 비가 올 것 같아."
수미가 어깨를 잡아주지 않았다면 한없이 깊은 골짜기 속으로 추락하고 말았을 것이다. 눈을 뜨고 천천히 자리에서 일어섰다. 아직 흥분이 가라앉지 않아 다리가 후들거렸다. 머릿속에선 조금 전 보았던 황홀한 광경이 서서히 사라지고 있었다. 그것이 못내 아쉬워 절벽 아래를 향해 다시 한번 눈길을 주었다. 거기는 여전히 눈부시도록 아름다운 세상이 펼쳐져 있었다.

잿빛 구름이 몰려오는가 싶더니 순식간에 빗방울을 뿌렸다. 빗줄기는 점차 굵어지기 시작했다. 나는 수미를 끌어안고 정신없이 산길을 내려왔다. 조금 전만 해도 귀기가 흐를 정도로 섬뜩했던 수미가 새파랗게 질린 채 바들바들 떨고 있었다.

"신령님이 노했어. 노추산 신령님이 노하신 거야. 나같이 부정한 년은 삼지창으로 갈기갈기 찢어놓을 거야. 영험하고 명천하신 산신령님은 모든 걸 다 알고 있었어."

번개가 내리칠 적마다 수미는 넋이 나간 채 내 허리에 매달렸다. 하얗게 질려 금방이라도 숨이 넘어갈 것만 같았다. 수미와 카메라에 채여 운신이 자유롭지 못했다. 한 걸음 한 걸음이 힘이 겨웠다. 다행히 멀지 않은 곳에 산막이 있었다.

산막 안은 밖에서 볼 때와는 달리 아늑했다. 진흙을 이겨 바른 부뚜막 위엔 나무를 깎아 만든 시렁이 받쳐 있었다. 그 위에 포개진 사기그릇과 원래는 주홍색이었을 빛바랜 플라스틱 바가지를 보니, 쌀자루만 있다면 한겨울 정도는 거뜬히 지낼 수 있을 것 같았다. 들어설 때부터 쑥 냄새가 은근히 콧속을 맴돈다 했더니 벽면에는 바싹 마른 쑥이 즐비하게 매달려 있었다.

수미는 오한이 나는지 아궁이 앞에 앉아 오들오들 떨고 있었다. 부엌 한쪽에 쌓여 있던 솔가지 더미를 풀어헤쳐 아궁이 안으로 밀어 넣었다. 마른 나뭇가지는 타닥타닥 소리를 내며 금방 불이 붙었다. 수미를 아궁이 가까이 끌어당기고 젖은 겉옷을 벗겨주었다. 훈훈한 열기가 차오르자, 정신이 드는지 수미는 천천히 젖은 머리를 매만지기 시작했다. 불이 사그라지지 않도록 작대기를 불쏘시개 삼아 나뭇가지를 조금씩 밀어 넣었다.

"술이 있어. 제사를 지내고 남은 술이 배낭 안에 있을 거야."
 조금 전 허둥대던 모습과 달리 수미는 담담한 목소리로 말했다. 배낭을 열자 소주와 황태포 그리고 종이컵이 보였다. 소주를 종이컵에 가득 따라 수미에게 건네주었다. 수미는 숨도 쉬지 않고 들이켰다. 연거푸 두 잔을 마시고서야 나에게 잔을 돌려주었다. 술이 들어가자, 배 속에서 따뜻한 기운이 올라왔다. 아궁이에서 마른 가지 타는 소리가 기분 좋게 들려왔다.

"그놈을 만났지. 미안해. 내가 전화번호를 알려줬어. 내가 알고 있는 전화번호는 아저씨밖에 없었어."
 수미가 발끝까지 밀려 나온 불씨를 안으로 밀어 넣었다. 수미의 몸에선 김이 모락모락 나고 있었다. 술기운이 돌아서인지 하얗던 두 뺨이 발그레해지고 새파랗던 입술도 핏기가 살아났다.

"돈이 필요했어. 서울 가서 벌어온 돈을 달라고 했어. 수술할 돈을 주지 않으면 엄말 끄집어내 절벽 아래로 던져 버린다고 했어. 난 서울로 다시 가는 게 싫었어. 여기 만신당에서 할머니와 살고 싶었어."
 주머니에 손을 넣었다. 빗물에 젖은 잎사귀가 한 움큼 잡혔다. 무심코 불 속으로 던져버렸다. 하얀 연기가 순식간에 피어올랐다. 짙은 향내가 부엌 안에 가득 찼다. 수미가 두려운 듯 주위를 두리번거렸다.

"이 냄새야. 그놈 몸에서 늘 나던 냄새야. 어쩌면 엄마가 올지도 모르겠어. 영모초는 죽은 사람의 혼을 불러온다고 했어. 엄마는 노래 부르길 좋아했어. 달이 밝은 날이면 흰 모시 저고리를 입고 평상 위에 앉아 새벽달이 지도록 애잔하게 노랠 불렀어. 엄마가 화려하게 수놓은 홍천익을 입고 춤을 출 때면 모두 넋이 나갔어. 엄마는 누구 보다도 아름다웠어. 그런 엄마가 그놈하고 산 것은 다 나 때문이야. 내가 남들처럼 살려면 남자 밑에 호적이 있어야 한다고 했어. 그런데 그놈이 엄마를 때렸어. 술에 취하면 노래를 불러보라고, 춤을 춰 보라고 엄마를 때렸어. 그날도 그놈은 달빛이 너무 좋다고 엄마를 마구 때렸어. 엄마는 견디다 못해 산으로 도망쳤어. 그놈은 칼을 들고 엄마를 쫓아갔어. 그러고는 새벽에 혼자 내려왔어. 엄마를 찾지 못했다고 했어. 다음 날 마을 사람들이 엄마를 찾아 온 산을 뒤졌지만 찾을 수가 없었어."

수미는 목이 메는지 말을 잇지 못했다. 밖에는 천둥과 번개가 계속해서 내리치고 있었다. 비가 쉽사리 그칠 것 같지 않았다. 오늘 밤은 아무래도 여기서 지새워야 할 것 같았다.

"그날도 비가 오고 있었어. 그래서 달이 뜨지 않았어. 한밤중에 숨이 막혀 눈을 떠보니까 그놈이 내 목을 조르고 있었어. 시뻘건 눈으로 나를 내려다보며 내 목을 조르고 있었어. 난 숨이 막혀 정신을 잃고 말았어. 기침 소리에 눈을 떠보니 방 안이 온통 피투성이였어. 구석에서 그놈이 미친 듯이 기침을 해대고 있었어. 입을 틀어막은 손가락 사이로 붉은 피를 줄줄 새어나오고 있었어. 나는 정신없이 밖으로 도망쳤어. 샘터 옆을 지나다 칼을 본 거야. 난 그걸 가져다 그놈 손목을 잘랐어. 피가 천장까지 솟구쳤어. 그놈이 신령바위 밑에 엄마가 있다고 말해줬어. 난 엄마한테 달려갔어. 하지만, 너무 비가 많이 와서 올라갈 수가 없었어. 천둥과 번개가 너무 무섭게 쳤어. 금방이라도 피를 뒤집어쓴 그놈이 뒤쫓아 올 것만 같았어. 그래서 도망친 거야. 이젠 다시 도망가지 않을 거야. 엄마 옆에서 살 거야. 하지만, 그놈은 손을 고쳐주지 않으면 나를 산집에 가둬버리겠다고 했어. 그래서 아저씨 전화번호를 알려줬어. 엄마는 눈물 많은 남자와 살면 행복할 거라고 했어. 내 주위에서 눈물을 가진 사람은 아저씨밖에 없었어. 병풍바위에서 담뱃불을 붙여주는 아저씨 눈에서 눈물을 보았어. 아저씨라면 나를 도와줄 수 있을 거라 생각했어."

아궁이 앞에서 몸을 잔뜩 웅크린 수미는 이글이글 타오르는 불빛을 보며 주문을 외듯 속삭였다. 나는 마지막 남은 술을 따라 마시고 쪽문을 통해 밖을 내다보았다. 밖은 완전히 어둠에 잠겨 있었다. 비는 조금 멎은 듯했지만 신당까지 내려가기는 무리였다. 배낭 안에서 방수포에 넣었던 카메라를 꺼내 들고 이상이 없는지 살폈다.

수미가 피곤한지 방 안으로 들어갔다. 카메라를 집어넣고 불쏘시개로 잿더미를 헤집었다. 석류 알처럼 빨간 불씨 서너 개가 끌려 나왔다. 불씨는 이글거리다 이내 회색 더께를 뒤집어쓰고 사그라졌다. 주위에 흩어진 삭정이와 검불을 모아 아궁이 속에 쓸어 넣고 방 안으로 들어갔다.

 방바닥은 따뜻하게 달궈져 있었다. 수미가 웅크린 채 자고 있었다. 그 옆에 배낭을 베고 누웠다. 밖에선 빗소리가 요란했다. 좀처럼 잠이 오지 않았다. 담배라도 있으면 하는 아쉬움이 일었다. 혹시나 하는 마음에 배낭을 뒤져보았다. 배낭 바닥에 말린 도라지 같은 나무뿌리가 손에 잡혔다. 엉겁결에 사내에게 받은 영모초 뿌리였다. 검붉은 뿌리를 입에 넣고 씹어보았다. 씀바귀를 씹은 듯 쓴 물이 입 안 가득 고였다. 칡뿌리를 씹듯 잘근잘근 씹으며 그 맛을 음미했다. 어느새 쓴 물은 달콤하게 바꿨다. 엄마 몸에서 나던 달콤한 냄새. 아득해져 가던 엄마의 냄새가 되살아났다.

 할머니가 물에 통통 불어 형체도 알아보기 어려운 시체를 손가락으로 가리켰다.
 "저게 니 오매인 기라. 서방 죽었다고 새끼도 내버리고 물로 뛰어든 니 오매인 기라. 똑똑히 보거래이. 저 흉직한 얼굴이 진짜 니 오매인 기라. 저기 배가 불룩하잖여. 저건, 물을 묵어서 그런 게 아녀. 내 몰래 밤이슬 맞고 댕기다 그리된 기제. 죽어도 싸제. 암, 죽어도 싸고말고."

 할머니 눈에는 독기가 흘렀다. 아들을 빼앗긴 할머니는 손자만큼은 빼앗기지 않으려고 시신을 상대로 독기를 품었다.

"서방 읍서도 자식새끼만 있으면 살 수 있제. 하모, 살 수 있고말고. 내는 삼십 년을 냄편 없이 아들 하나만 바라보고 살지 않았노. 남자 읍다고 살 수 없는 여잔 에미 될 자격이 없는 기라."

물가에 모인 사람들이 모두 고개를 끄덕였다. 할머니는 의기양양하게 가슴을 펴고 사람들을 헤쳐 나왔다. 할머니 손에 이끌려 집에 오면서 물가에서 본 참혹한 광경을 지우려고 애썼다. 퉁퉁 불어 흉하게 변한 시체가 엄마일 리가 없었다. 하얀 옷을 입고 나비처럼 하늘로 날아가던 모습을 나는 독구와 함께 똑똑히 봤다.

고요히 잠든 수미의 얼굴을 내려다보았다. 괴롭히던 개미는 사라졌는지 평온한 얼굴로 잠을 자고 있었다. 사내가 마지막 말을 했던 말이 떠올랐다.

'자네 자나?'
사내가 어깨를 흔들었다. 술에 취해 눈을 뜨지 못했지만 사내가 하는 말은 들을 수 있었다.
'난 이제 떠나려 하네. 그동안 미련이 너무 많았어. 금화가 보여주지 못했던 산요의 관음상을 수미에게서라도 찾고 싶었어. 금화가 아무리 그날 밤과 똑같이 노래를 부른다 해도 그때의 감동을 얻기란 쉽지 않다는 걸 알고 있었어. 그러한 전율은 평생에 한 번 올까 말까 한 거야. 억지로 만든다고 될 수 있는 게 아니었어. 다만, 그때의 감동이 너무 컸기에 쉽게 포기 못 한 거야. 그날 밤 달빛 아래에서 본 금화의 모습은 내가 평생 찾아다녔던 산요의 관음상이었어. 다른 것은 둘째 치고 그날 밤 내게 보내주었던 금화의 미소만큼은 꼭 한 번 다시 보고 싶었네. 수미에게서 언뜻언뜻 금화의 모습을 볼 수 있었어. 그래서 떠나지 못하고 한세월을 또 잡혀 산 거야. 힘줄이 끊어지고 한동안 붓을 놓고 나니 머리가 맑아졌어. 조급함이 없어지고 나니 자신감이 생겼어. 이제는 산요의 관음상을 그릴 수 있을 것 같아. 영산전으로 찾아가 내가 태워버린 산요의 관음상을 그려 넣을 생각이야. 수술을 하고 일 년 정도 치료를 받으면 예전과 다름없이 붓을 잡을 수 있다고 하더군. 절에 머물면서 천천히 관음상을 그려 넣을 생각이야. 수미는 자네에게 맡기겠네. 언젠가 자네도 수미에게서 금화의 모습을 보게 될지도 몰라. 그래서 나처럼 평생을 비루하게 살지도 몰라. 그래도 후회는 하지 말게.'

지금쯤이면 사내가 수술을 마치고 영산전으로 가고 있을지 모른다. 다시는 수미를 찾지 않을 것이다. 웅크린 수미를 안아 품에 넣었다. 가슴속에서 새근거리는 숨소리가 들려왔다. 다시는 헤어지지 않을 것이다.

잠결에 품속에서 무언가 빠져나가는 허전함을 느꼈다. 엄마 품에서 슬그머니 밀려나던 허전함. 엄마는 나를 그렇게 밀쳐버리고 평상 바위 위에 앉아 날이 새도록 소리를 하곤 했다. 그리고 끝내 날아가 버렸다.

잠에서 깼지만, 눈을 뜨지 못하고 가만히 바깥세상에 집중했다. 산속 새벽은 물통 속처럼 조용했다. 미세한 떨림만이 귓속으로 가느다랗게 파고들었다. 그 속에서 이제껏 느끼지 못한 작은 속삭임이 들려왔다. 돌과 돌 사이를 흐르는 여린 빗물 소리. 풀과 풀이 맞부딪치는 가는 속삭임. 나뭇잎에서 나뭇잎으로 떨어지는 물방울에서 나는 청아한 공명. 물에 젖은 땅바닥을 기며 먹이를 찾고 있는 작은 곤충들의 울음소리. 한참 동안 눈을 뜨지 못한 채 나는 작은 소리의 세계에 빠져 있었다.

문틈으로 들어온 부윰한 빛이 망막으로 스며들었다. 그 희미한 빛은 소리의 세계에 빠져 있던 나를 깨웠다. 순간 뇌리를 스치며 지나가는 게 있었다. 자리를 박차고 일어나 카메라를 챙겨 밖으로 뛰어나갔다.

차가운 새벽 공기가 허파 속으로 빨려 들어왔다. 찬물을 한 바가지 뒤집어쓴 듯 정신이 번쩍 들었다. 어제 내려온 산길을 뛰어 올라갔다. 바지자락이 이슬로 금세 축축해졌지만 개의치 않고 달렸다. 덤불 속에서 잠자고 있던 새가 놀라 날아올랐다. 터널처럼 엇갈린 나무숲을 빠져나오자 하얀 돌밭이 나타났다.

걸음을 멈추고 눈앞에 펼쳐진 세상을 바라보았다. 하얀 대리석이 조금씩 빛을 내기 시작했다. 정상에 있는 신령바위를 향해 고개를 돌렸다. 희미한 물체가 아른거렸다. 가슴이 두근거렸다. 다시 바위 사이를 미친 듯이 뛰어올랐다. 목에 맨 카메라를 꽉 움켜쥐고 죽을힘을 다해 내달렸다. 바위가 서서히 햇살에 물들기 시작했다. 앞을 가로막은 커다란 바위 위에 올라섰을 때 등 뒤에서 따뜻한 기운이 느껴졌다.

천천히 뒤를 돌아보았다. 거기에는 황금빛 햇살을 머금은 장엄한 태양이 꿈틀거리며 솟아오르고 있었다. 그것은 숯불처럼 이글대는 잉걸불이 아닌 수백만 촉의 빛을 담은 거대한 황금 태양이었다. 주변의 바위가 서서히 황금빛으로 물들었다. 나는 산꼭대기에 우뚝 솟은 신령바위를 쳐다보았다. 누군가 서 있었다. 카메라를 들어 앵글 안에 넣고 줌을 당겼다. 희미했던 형체가 점점 뚜렷해졌다.

수미였다. 금방이라도 날아오를 것 같은 수미가 하늘을 향해 서 있었다. 황금빛에 감싸인 그녀가 두 손을 모으고 하늘을 우러러보고 있었다. 황홀한 그 모습에 가슴이 터질 것만 같았다. 나는 다가올 장면을 상상하며 렌즈에서 눈을 떼지 못했다. 태양은 완전히 모습을 드러냈다. 황금빛 화살에 명중된 수십만 개의 바위가 일제히 빛을 토해내기 시작했다. 하늘로 치솟은 황금빛은 산 전체를 감싸며 주위를 온통 황금물결로 만들었다.

그 눈부심이 렌즈를 통해 무참히 쏟아져 들어오자 나도 모르게 눈을 감고 말았다. 눈을 뜨자 망막에 남아 있던 눈부심 위로 커다란 나비가 날아올랐다. 순간 셔터를 눌렀다. 청량한 셔터 소리가 눈부신 햇살을 뚫고 하늘 가득 울려 퍼졌다. 황금빛 태양 속으로 천천히 빨려 들어가는 상제나비의 황홀한 날갯짓이 뷰파인더 안에 선명히 떠올랐다.

(끝 / 미발표작)

작품에 대해

나는 주로 사회에서 실패한 자들의 이야기를 썼다. 자본주의 체제에 적응하지 못하고 구석으로 밀려난 채 궁핍한 모습으로 살아가는 사람들 이야기가 많다.

영세업체가 밀집한 공단에 살았던 탓일지 모른다. 프레스에 손가락 한두 개 잘려나간 사람을 흔히 볼 수 있었고, 대낮부터 담벼락에 앉아 막걸리 잔을 기울이는 아저씨들의 모습도 익숙했다.

어느 날 색다른 소설을 쓰고 싶은 마음이 들었다. 연애, 낭만 이런 주제로 소설을 써야지 언제까지 비루한 모습만 그리고 있을 거냐 하는 생각이 든 것이다.

해서 이 작품을 구상하게 됐다. 처음에는 그럴듯한 연애 소설을 쓰려고 했다. 하지만 의도와는 다르게 이야기가 흘러갔다. 낭만적인 연애 소설은커녕 이야기가 자꾸 무거워졌다.

초고를 완성해놓고 보니 어설픈 작품이 되었다. 알지도 못하는 세계를 억지로 쓰려고 한 탓이다. 이건 아니다 싶었다.

낭만적 연애 소설을 쓰려던 초심을 접고 공부를 시작했다. 무속에 관한 책을 보고 논문을 찾아 읽었다. 관련 동영상물을 보며 그들의 세계를 이해하려 했다. 기초적 지식도 없던 나로서는 쉽지 않은 작업이었다. 가볍게 시작한 의도는 묵직한 바위덩이가 되어 나를 짓눌렀다.

시간이 많이 걸렸다. 고치고 다시 고치고, 묵혀두었다가 다시 쓰고. 완성을 해도 아무도 봐주는 사람이 없을 거란 생각을 했다. 낡고 오래된 이야기라 투고할 생각도 못 했다.

고민 끝에 손대지 않고 작품집에 넣기로 했다. 이런 고루한 이야기도 좋아하는 사람이 있기를 바라면서 말이다.

작가의 말

소설을 쓰려면 어떻게 해야 하나요?

소설가로 등단하고 나서 회사 분들한테 가장 많이 받은 질문이다. 아마 이런 질문을 하시는 분들 마음속에는 글을 쓰고 싶은 욕망을 가지고 있지 않나 생각한다. 그런데 같은 공간에서 비슷한 일을 있는 사람이 작가가 되었으니 궁금해하는 것 같다.

그래서 나처럼 직장을 다니면서 작가를 꿈꾸시는 분들에게 어떻게 하면 주말 작가가 될 수 있을까 하는 질문에 답하려 한다. 이런 질문에 교과서적 충고를 해주는 책은 시중에 많이 있다. 하지만 여기에서는 내 경험을 가지고 좀 더 현실적이고 생생한 이야기를 해보려 한다.

영어를 잘하기 위해서는 체계적으로 영어를 가르치는 전문학원에 등록해 배우는 게 가장 빠른 방법이다. 소설도 마찬가지다. 소설(시, 수필, 자기계발서 등 모든 글도 포함된다)을 잘 쓰기 위해서는 소설 전문 강좌에 등록해서 공부하는 방법이 가장 빠르다.

내 경우 백화점 문화센터에서 운영하는 소설 쓰기 강좌에 등록하면서 본격적인 소설 공부를 시작했다. 시험이나 자격조건을 따지지 않는 곳이다 보니 여러 부류의 사람들이 모인다. 첫째, 나처럼 직장에 다니면서 이중생활을 꿈꾸는 샐러리맨 부류, 둘째는 문창과를 다니거나 지망하는 젊은 학구파 부류, 세 번째가 한때는 문학소녀이었을 40, 50대 여성분들로 소위 아줌마 군단이다. 이분들이 가장 많고 핵심 세력이다.

첫날은 일반 모임과 마찬가지로 회장과 총무를 뽑는다. 회장님은 멤버 중 연륜과 경제력을 겸비하신 분이 되고, 총무는 문학에 대한 열정과 막강한 실행력을 가지신 분이 된다. 그리고 가장 먼저 하는 일이 작품 내는 순번을 정하는 것이다. 수업은 보통 선생님이 추천하는 텍스트(기성 작가의 단편소설) 한 편과 회원들이 내는 작품 한 편을 가지고 한다.

기존에 공부하시던 선배들이 앞쪽을 차지하고 우리 같은 신입들은 될 수 있는 한 뒤쪽으로 가려 한다. 세 달 뒤라 음, 아직 시간적 여유가 있네, 라는 생각에 호기 있게 날짜를 적는다. 이때부터 본격적인 작가 되기 수업이 시작된다.

초고를 쓰는 건 정말 어렵다. 머릿속에 수만 가지 창의적 주제와 대박을 칠 만한 내용을 가지고 있지만 그걸 글로 풀어내는 일이란 쉽지 않다. 하지만 납기일이 정해졌으니 안 쓸 수 없다. 시간을 자꾸 가는데, 기일이 다가오는데…. 미칠 것 같다(이 시간이 가장 많은 공부가 된다). 주말이면 카페나 도서관에 처박혀 끙끙대면서 자신만의 걸작을 완성한다. 이 정도면 나름 괜찮은 것 같은데, 하며 혼자 흐뭇해한다.

이제 합평이 시작된다. 살벌하다. 여기까지 오신 분들은 상당한 독서량을 가지고 있다. 고전부터 현대 소설까지 두루 섭렵하신 분들이다. 그런 안목으로 처음 소설을 써보는 사람들의 작품을 보니 할 말이 오죽 많겠는가.

'작가님 소설은 문체도 좋으시고 내용도 풍부하다. 다만~~' 그 유명한 후단 규정이 여기서 나오는 것이다. 다만으로 시작해서 가해지는 융단폭격에 대부분 사람들은 '넋' 다운이 된다.

이 과정이 작가가 되느냐 마느냐의 중요 고비다. 많은 사람들이 여기서 포기한다. '도대체 말하고 싶은 주제가 무엇이냐.' '넋두리만 늘어놓고, 이게 소설이냐.' '묘사는 없고 순 설명인데 이게 무슨 소설이냐.' 이 정도는 약과고 가끔 평하시는 분들이 자기도취가 되어 인격모독까지 하는 경우도 왕왕 있다.

더러워서 못하겠다고 접는 분이 있는 반면 너는 얼마나 잘 쓰나 보자며 견디시는 분이 있다. 한 달 지나면 20여 명에 가까웠던 분들 중 절반 정도가 남는다. 맷집이 있으신 분들이다. 일단 나도 살아남는다. 직장에서 많이 당해봤거든.

이렇게 살아남은 우리들은 전우애로 똘똘 뭉쳐진 문우가 된다. 수업시간에 피 튀기는 싸움을 했다가도 뒤풀이 시간에 술 한잔 걸치고 어깨동무하며 서로를 위로한다. 이렇게 강철은 단련되는 것이다.

깨지고 퇴고하고, 깨지고 퇴고하고 해서 똘똘한 단편 한두 개가 완성된다. 그러면 투고가 시작된다. 애주가들이 하는 말 중 '내가 마신 술값만 모으면 집 한 채 샀어'라는 말이 있다. 우리도 우푯값만 모으면 자동차 한 대는 샀을 것이다. 나도 하도 많이 투고하는 바람에 본관 우체국에서 회관 우체국으로 다시 동네 우체국으로 순회해야만 했다(주최 측에서 꼭 봉투 겉면에 ○○○신인상 응모라고 빨간 글씨로 적으라고 해서 창구에서 접수하는 동안 엄청 쑥스럽다).

슬슬 연말이 다가온다. 문학 지망생들의 꿈과 희망인 신춘문예 계절이다. 그동안 두들겨 맞은 작품 중 똘똘한 놈을 골라 다시 담금질 작업에 들어간다. 좋은 직장에 다니는 친구는 이날을 위해 비축해둔

연가를 내고 고시원으로 들어간다. 낮에 시간이 가능한 분들은 카페에 모여 열공을 한다.

'박 작가님 소설은 될 거야.' '김 작가님 이번 소설 진짜 잘 썼어.' 문우들은 서로에게 품앗이 칭찬을 하며 꿈에 부풀어 투고한다.

결과는, 참담하다. 10명 모두 장렬히 산화한다. 망년회를 빙자한 연말 모임에서 우리 문학계의 무지함을 통탄하고, 숨은 진주를 발굴하지 못하는 심사위원의 안목을 비난하며 술로 밤을 지새운다. 개중 본선에 진출해 이름이라도 거론된 사람이 있으면 그가 2차, 3차를 낸다. 이렇게 한 해가 간다.

2010년도에 문학 모임에 들어가 2013년도에 김유정 신인문학상으로 등단했다. 그때 살아남은 멤버들 10명 중 등단 방법(우리나라에서 등단하는 방법은 신춘문예 당선, 신인문학상 수상, 문예지 추천이 있다)과 시기는 다르지만 8명이 등단했다. 단편집이나 장편 소설 등 책을 출간한 작가도 6명이 있다. 대박 친 작가는 없지만 그래도 등단이라는 관문을 거쳤으니 작가라는 라이선스는 취득했다.

읽으면 독자고, 쓰면 작가라는 말이 있다. 주말 작가를 꿈꾸시는 분들이 가장 먼저 할 일은 초고를 쓰는 일이다. 개떡 같은 초고라도 있어야 다음 단계로 나갈 수 있다. 그리고 많은 사람에게 그 초고를 보여야 한다. 그래야 내 글이 다듬어질 수 있는 기회를 가질 수 있다.

그러기 위해서는 같은 성향의 사람들과 교류가 있어야 한다. 내가 쓴 멋진 초고를 옆 사람한테 보여주고 피드백을 받을 수 있을까? 엄청 쑥스러운 일이다. 하지만 나와 같은 길을 걷고 있고, 나보다 먼저 창작의 세계에 발을 들인 사람들에게 보여준다면 그들은 매우 유익한 평을 해줄 것이다. 비록 자존심을 후비는 평일지라도.

결론을 말하자면 주말 작가를 꿈꾸시는 분들이여, 공들여 쓴 원고를 가지고 있다면 혼자 꿍꿍거리지 말고 같은 부류의 사람들과 어울려라. 그들이 당신에게 소설에 대한 열정을 불어넣어줄 것이다.

사랑과 소망과 믿음 중 제일은 사랑이 아니라 '믿음'이다. 당신의 꿈을 믿고 열정을 믿고 맷집을 키우고 끝까지 포기하지 않고 버틴다면 당신은 작가가 될 수 있다.

끝으로 돈을 많이 벌었는가? 라는 질문도 많이 받았다. 속물적이지만 가장 궁금한 부분이기도 하다. 나도 꿈꾸고 있다. '자기가 좋아하는 일을 열심히 하면 돈은 따라온다'라고 하는 말씀을 믿는다. 근데 어느 세월에?

 답은 돈은 벌지 못했다. 등단할 때 상금하고, 두 편의 장편 소설은 출판사 손익분기점을 겨우 넘겨주었다. 하지만 희망은 가지고 있다. 나도 언젠가 대박 나는 작품을 쓸 거야, 라는 꿈 말이다.